OLHOS SECOS

Bernardo Ajzenberg

OLHOS SECOS

Copyright © 2009 *by* Bernardo Ajzenberg

Direitos desta edição reservados à
EDITORA ROCCO LTDA.
Av. Presidente Wilson, 231 – 8º andar
20030-021 – Rio de Janeiro, RJ
Tel.: (21) 3525-2000 – Fax: (21) 3525-2001
rocco@rocco.com.br
www.rocco.com.br

Printed in Brazil/Impresso no Brasil

CIP-Brasil. Catalogação na fonte.
Sindicato Nacional dos Editores de Livros, RJ.

A263o	Ajzenberg, Bernardo, 1959- Olhos secos / Bernardo Ajzenberg. – Rio de Janeiro: Rocco, 2009. ISBN 978-85-325-2454-6
	1. Ficção brasileira. I. Título.
09-2458	CDD: 869.93 CDU: 821.134.3(81)-3

"Ocorre-me frequentemente não conseguir diferenciar o passado e o presente. Gosto dessa indistinção, que atesta a minha continuidade e confere uma relativa coesão aos meus fragmentos dispersos."

J.-B. Pontalis, "L'Enfant des limbes"

Para meus pais,
Gueda e Matheus

A estadia foi boa e continua sendo (ainda tenho, creio, um mês por aqui), mas ela foi também forçosamente monótona, quer dizer, vida de kibutz e passeios (houve a "prisão" ao grupo, que tanto temia, não consegui evitar). Revirei as cidades, mas acabei fazendo um registro de memória. Preguiça, talvez. Agora, me quedo sozinho, e um diário pode me ajudar. Sinto começar uma viagem que, a cada dia, deve ser registrada. Estou com muita vontade de escrever, aqui na sede da Organização Sionista Mundial, onde espero o Clóvis e o Joseph. Espero e curto o dia passar. Ainda hoje vou a Tel-Aviv e de lá ao kibutz Ruhama, onde pretendo permanecer.

Consegui do Joseph o casaco Dubon para minha viagem, dá sorte. Cheguei ao kibutz e me encontrei com a Gina e a Lídia. Elas me esperavam e me serviram um café gostoso. Depois rodei por ali, tomei um bom banho, jantei e passeei com as duas. Estou agora num quarto com dois russos que só falam a língua deles e arranham pouquíssimo o hebraico (então é assim que me comunico com eles, além da mímica, é claro); estranharam que eu estivesse lendo Trotsky, mas não pudemos conversar (por enquanto). O olhar deles foi de reprovação, o mesmo do meu pai quando apareci com esse livro em casa umas semanas antes da viagem. Mas os motivos certamente são outros. Meu pai tem ojeriza a Trotsky por uma razão ideológica. Nunca conversamos sobre isso, mas ele já deixou claro que, apesar de tudo, ainda preferia o Stálin. Não entendo como... Preferia para aquela época, bem entendido, nos anos 1920 e 1930, ele disse uma vez, porque, se compreendi bem a história dele, se afastou da política e do Partidão no final dos anos 1950, quando eu já tinha nascido; por desilusão, talvez, não sei, nunca me contou direito. Um dia ainda pretendo conversar sobre esse assunto, abrir essa porta. Mas preciso saber ao certo essa história do meu nome. Por que cargas-d'água ele foi me chamar de Leon? Difícil. Não sei qual de nós dois é mais fechado! Amanhã falarei com o encarregado do kibutz para ver a possibilidade de me oferecer como voluntário.

Parece que só hoje resolvi pensar em mim... e decidi fazer a viagem que me apraz de verdade e sei ser importante. Os russos dormem e o ronco deles é muito forte; e o odor... o cheiro deles é muito desagradável. Não devem tomar banho há dias. Estranho não ter recebido sequer uma carta da Débora. Gostei das cartas que vieram de casa ontem (Sônia foi quem as trouxe). Os russos realmente fedem nesse quarto pequeno.

Dê uma chance à virtude, Leon. Uma chance à virtude. Dê uma chance à virtude, seu grande merda.

Pronunciava a frase diante do espelho em voz baixa, num apelo velado, sempre que o vício ameaçava tomar conta dele.

Dê uma chance à virtude.

Mas era apenas uma frase de efeito, dessas que, remoídas dentro da cabeça, não repercutem no coração ou no estômago e que, por isso mesmo, nunca surtem efeito algum. Ao contrário: bastava Leon pronunciá-la para que o próprio vício zombasse dela, voltasse num ritmo vulcânico, ainda mais forte.

Dê uma chance à virtude...

Em que consistia esse vício? De qual virtude, afinal, ele zombava tanto? O que eram, então, esse vício e essa virtude, sintonizados, em revezamento contínuo? E a dúvida principal: sabia, ele, Leon, diferenciar uma coisa da outra? Havia mesmo fronteira entre elas?

Talvez em fatos menores, no dia a dia do trabalho, fosse mais fácil identificá-la. O escrevente à esquerda, por exemplo, o tal Jessebom, sempre mimava seus gestos. Coçar a orelha, rasgar uma folha de papel, sentar com a perna esquerda dobrada sobre a outra. Beber do copo d'água a cada dois minutos. Sem dúvida o fazia inconscientemente, com defasagem de um ou dois segundos em cada gesto, mas quem os observasse veria algo semelhante a um macaquear bizarro.

Leon sabia disso, e sabia que o ideal – o virtuoso –, ali, seria adverti-lo ("escuta, amigo, você não se dá conta mas está sempre me imitando nas reuniões...") – como fizera com o caipira imberbe do almoxarifado, cujo cheiro corporal devido ao uso muito parcial de um desodorante barato era insuportável, contaminando a sala em quinze minutos de encontro (e Leon advertira-o, sim, com clareza, "olha, o verdadeiro amigo fala de frente até mesmo as coisas mais embaraçosas e não cala temendo ofender, viu? Faço isso, entenda, não só por questões profissionais ou pelo incômodo, é também uma forma de ajudar você, um cara tão jovem, com esses traços firmes, ajudar você a conquistar mulheres, entende?, você tem um grande futuro com as mulheres", vaticinava Leon, sem hesitação, "desde que se cuide") –, mas não o fazia, não advertia o escrevente sentado à esquerda, na certa não apenas por se tratar, no fundo, de algo absolutamente inofensivo (aquele macaquear inesgotável), mas também por temer uma perda: sem aquilo o dia ficaria ainda mais sonolento. Constatava, na verdade, que, com o passar dos anos, a mímica de Jessebom se lhe tornara essencial. É duro sobreviver em reuniões sem graça e previsíveis, sempre lerdas, repetitivas e modorrentas. Um vício? Admitia que sim. Pois ele próprio se habituara a mimar outras pessoas no trabalho: observava gestos e fazia igual, às vezes sem nem mesmo perceber, de forma que, na realidade, o escrevente que o imitava acabava imitando, a rigor, um terceiro colega, e assim por diante. Esse é o passatempo de mímica coletiva bolado por Leon ao acaso, praticado por ele sozinho, apesar da contribuição involuntária de tantos outros. Um de seus planos bolados na solidão e jamais executados era justamente instalar uma câmera, gravar imagens das reuniões e se entreter depois, em casa, na análise dos movimentos corporais daquele jogo, única diversão no trabalho durante várias semanas, meses, anos. Diversão, diversão. Não chegava a se constituir num vício... Diversão inconsequente, mera diversão, e pronto. Por que abrir mão dela em nome da virtude?

Para Leon, porém, a distinção entre vício e virtude, se era óbvia no mundo cartorial tosco e minúsculo, parecia nebulosa nas circunstâncias mais difíceis e decisivas. E este sempre foi o terreno no qual ele conheceu as complicações maiores, as dores lentas e os momentos menos divertidos.

Hoje é sábado, acabei de jogar futebol aqui no kibutz Ruhama (onde estou aguardando a resposta que será dada amanhã). O pessoal aqui me chama pelo sobrenome. "Zaguer"... é esquisito, ainda mais que não jogo de zagueiro (hahaha...). Muito pelo contrário: fiz três gols. Ontem, finalmente, escrevi a carta para casa falando do meu plano de passear pela Europa depois de ficar aqui cerca de um mês. Não foi fácil... é claro que decisões desse tipo são fundamentais para mim, pois tenho muito tempo para gastar. Vou colocá-la amanhã no correio. Acho que deve haver um, por aqui. Os russos foram passar o fim de semana fora e fiquei sozinho num quarto, onde não me queriam deixar ficar. O cheiro deles ficou impregnado... Estava no auditório do anfiteatro, ao ar livre, e recordei a época em que queria – sonhava –, me tornar um dramaturgo... Foi uma experiência muito importante, essa do teatro. Estudei-o com carinho, confiante no valor do esforço. Lembro perfeitamente dos ensaios do *Cristóvão Reflexões,* da atuação do Moti, nós dois, inexperientes, experimentando com força de vontade. Depois o mergulho em Brecht, um pouco apressado e ansioso, a adoração. O resto... depois conto. Os russos devem voltar hoje... Preciso arranjar um jeito de dizer a eles que têm que se lavar... No quarto ao lado há um brasileiro de Minas Gerais, Arthur, e ele está escutando a fita do Chico Buarque com Bethânia, onde eles cantam o "Sinal fechado" do Paulinho da Viola. Isso me fez lembrar a interpretação que o Fagner deu à mesma música, num tom mais desesperado, mais teatral. Ontem, à noite, comecei a ler o *Reflexos do baile,* do Antonio Callado, pela quarta vez; parece que agora o autor resolveu se concentrar mais na linguagem e utilizar-brincar com a sintaxe. Isso o torna difícil, mas muito bom. A vida no kibutz é, de fato, a vida que se leva em uma estação de águas. A única diferença é que lá são oferecidas seis horas a mais de descanso (e aqui trabalha-se durante todo o tempo). Preciso arrumar a melhor maneira de vivê-las... no duro, a própria vida cuida disso para mim... Antes de sair para o futebol, estava no quarto com a Gina conversando (ela contando a vida no Recife)... e estava gostoso. Li também o *Aurora,* semanário em espanhol, com uma notícia falando sobre um manifesto de empresários paulistas (pessoal do Papa Júnior) contra a ausência de um Estado de Direito. Só agora eles se tocaram da merda que estavam apoiando? Na verdade, eles representam a burguesia desuniforme e desesperada do Brasil (uau!, é isso aí, é isso aí, aqui ninguém me segura!), que boia sobre uma lagoa onde a água é trocada, posta, retirada, suja, pelas forças estrangeiras (viva o sr. Simonsen!) e pelos financistas nacionais (viva!). O que dizer do restante da população? É por isso – entre outras coisas –, que pretendo retornar ao Brasil, fazer o que puder... Essas exaltações no final são de matar... Não me agrada o jeito como as escrevi.

Parado no hall de entrada do hospital, Leon engolia em seco e olhava para o alto. Pendia do teto do vão livre monumental um móbile de formas metálicas: gotas gigantescas pretas e douradas do tamanho de bebês. Uma dúzia de bebês brilhantes flutuando sem olhos nem bocas ou narizes, ao sabor de um sopro difuso, numa coreografia de movimentos milimétricos, imperceptíveis. Olhava as gotas de metal soltas no ar, mas logo buscava, também, o piso de granito, depois as poltronas e os sofás de couro preto, simetricamente distribuídos. E o piano de cauda, silencioso.

Engoliu em seco mais uma vez, fechou os olhos energicamente, como se a suntuosidade do edifício e o fraco movimento de pessoas (para o começo de uma tarde de domingo de céu inteirinho azul, malgrado o vento outonal, frio e traiçoeiro) reforçassem, nele, a ansiedade e a angústia que se impunham desde aquela manhã.

Passeou em torno da cafeteria, lentamente. Demorou-se de olho na vitrine da lojinha de presentes. Circundou os caixas eletrônicos próximos ao banheiro masculino. Metros adiante, percorreu a passos doentiamente lerdos o labirinto de painéis fotográficos que contavam, como num museu itinerante, a história do hospital Albert Einstein. Da concepção megalomaníaca à glória da inauguração. Numa das imagens, registrada para imortalizar o início das obras, viam-se as placas das firmas integrantes do empreendimento. E lá estava, em letras nítidas de estilo clássico, o nome do pai: Adolpho Zaguer, responsável pelas instalações elétricas. Bela placa – e o pai tinha, naquele começo dos anos 1960, quase a idade que ele próprio tinha agora. A mesma idade, porém um histórico de realizações muito mais consistente. Uma distância imensa podia ser verificada entre ele, um homem ainda a engatinhar nos carpetes do trabalho, e o engenheiro reconhecido que o pai fora desde cedo. Fixou-se diante da foto, como se a visse pela primeira vez.

Respirou fundo, passou a língua nos lábios e voltou a circular pela exposição. Cabeça baixa, mãos nos bolsos da calça bege, piscando os olhos energicamente, saiu por uma das laterais rumo, mais uma vez, à cafeteria.

– Um puro, por gentileza.

– Pão de queijo para acompanhar? – sugeriu a moça do caixa.

– Pode ser... – hesitou. – Não, não, obrigado. Só o café mesmo.

— Um copo d'água?

— Pode ser... — concordou uma voz flébil.

Depois de saborear o café devagarinho, Leon se dirigia aos elevadores quando, no meio do trajeto, viu uma moça entrar na lojinha onde se misturavam jornais, livros, revistas, flores e objetos para presente variados. Optou por repetir-lhe o gesto. Compraria uma coisa simples, claro, algo despretensioso, só para não chegar, como se diz, de mãos abanando. Apalpou cadernos e almofadas, um porta-lápis, um cinzeiro de vidro. Nada o atraía de verdade; a tarefa que antes parecia tão banal e fácil agora se complicava.

— Uma ajuda, senhor? — ofereceu-se o rapaz atrás do balcão.

Leon dispensou-o com um gesto seco. Tateou outras mercadorias e por fim se decidiu: uma caneta. Nada mais adequado. A mais sofisticada da vitrine, certamente — o que não queria dizer grande coisa. Pagou com cartão de crédito.

— Presente? — perguntou o vendedor.

— Sim, por gentileza.

Subindo sozinho no elevador panorâmico, via agora metade da arquibancada do Morumbi cheia, barulhenta, no pré-gozo do jogo previsto para dali a duas horas; espocavam rojões num som abafado. Daria tudo para estar no meio da torcida, ali no estádio, em vez de gastar o tempo de novo naquele prédio. Se ao menos desta vez conseguisse entrar no quarto...

A porta do elevador se abriu para o piso claro e brilhante de linóleo. Leon guardou o presente no bolso do paletó de veludo azul-marinho e ajustou os cabelos.

A enfermeira era a mesma do dia anterior: jovem, uniforme amarfanhado, os traços rígidos, uma sisudez no rosto e um olhar cuja frieza se forjava ostensivamente para inibir o visitante.

— Bom-dia. Está tudo bem? — a rigor, havia vinte e quatro horas que Leon estava sem notícias claras. — Será que hoje posso vê-lo?

— Só um momento — disse a moça, saindo de trás do balcão. — O senhor pode aguardar naquelas cadeiras — emendou, avançando, agitada, corredor adentro.

Na sala de espera, a televisão exibia um seriado antigo em preto e branco cujos personagens, embora de feições que lhe parecessem familiares, Leon não conseguia identificar. No intervalo, o boletim especial sobre a Copa do Mundo na França registrava detalhes da concentração onde a seleção brasileira ficaria hospedada. De olho no aparelho, ali ficou poucos minutos, o tempo suficiente, porém, para ter certeza de que mais uma vez não seria recebido.

— O que o senhor está fazendo aqui? – perguntou uma moça muito magra a um homem gordo de cabelos brancos sentado a duas cadeiras de Leon.

Sem graça, o homem respondeu, em voz baixa:

— Minha mulher veio corrigir uma cirurgia estética. Coisa pequena. E você?

— Ah, acho que minha mãe está morrendo...

Quando a enfermeira entrou pela enésima vez no quarto e avisou que o filho estava ali de novo para visitá-lo, Adolpho suspirou fundo. Por que tanta insistência? O melhor, pensou, seria recusar a visita mais uma vez, como no dia anterior...

A moça, parada na porta, aguardava uma resposta.

Talvez seja esta a minha última chance, pensou Adolpho. Certamente, é a última chance.

— Pode mandar ele entrar.

Assim que ela deixou o quarto, ele fechou os olhos.

— Senhor Zaguer... – chamou a enfermeira, resgatando Leon do envolvimento naquele diálogo inusitado na salinha de espera. – Pode entrar.

Leon levantou-se e, nesse movimento, sentiu uma tremedeira atravessar o corpo. Engoliu em seco. Passou as mãos pelo rosto. Voltou-se para a TV. Por alguns segundos, sentiu-se paralisado. Talvez preferisse um novo veto à visita, como o do dia anterior.

Impaciente, a moça repetiu:

– Pode entrar, senhor Leon. Acompanhe-me, por favor – as palavras saíram feito uma ordem, como se dirigidas a uma criança que, na hora de ir para a escola, teimasse em assistir ao programa favorito de televisão até o fim.

Apesar da limpidez do dia, o quarto estava escuro. Alguns pontinhos de luz se formavam assimetricamente nas persianas fechadas. Ouviam-se ainda os ecos da multidão do estádio, somados agora ao ruído discreto do motor da geladeirinha junto à janela. Olhou em volta. Não havia sinais de visita anterior: nenhuma flor, nenhuma caixa de bombons, nenhum livro.

Aproximou-se da cama e pôs o pacote do presente ao lado do telefone sobre o criado-mudo.

O pai sempre exalara um odor salgado – ao menos era essa a sensação que Leon tinha quando criança. Não era um cheiro desagradável, mas intenso, vigoroso; de sal grosso. Podia identificá-lo a distância, com os olhos fechados. Agora, na penumbra, o rosto de Adolpho, a conhecida estampa de uma cabeça excepcionalmente grande, estava inclinado para o lado do filho, sobre o travesseiro. Parecia adormecido. A testa pronunciada e lisa, sobrancelhas brancas e portentosas, o nariz adunco ("meu nariz de Dante", costumava dizer) velando sobre lábios excepcionalmente finos, quase escondidos – tudo, naquele momento, revestia-se de palidez extrema, observava Leon.

O corpo miúdo, sumido no emaranhado do lençol, respirava serenamente, tendo o braço esquerdo conectado ao tubo para receber o soro preso no alto do cabide de metal. A mão direita agarrava-se à pequena grade lateral.

Leon buscou palavras sensatas. O que fazer primeiro? Como pudera não estar preparado para aquele momento, sendo um homem formado, de quase quarenta anos? Por que não engendrara nem sequer uma frase para ao menos iniciar a visita? De onde provinha tamanho desconforto?

Pegou o presente, inclinou-se mais próximo da cama.

– Pai...

Silêncio quase absoluto: apenas o eco festivo e surdo proveniente do estádio, a geladeirinha e o ronco de um ou outro automóvel no estacionamento do hospital.

Aproveitando-se da penumbra, Adolpho via tudo através dos cílios, pois continuava a fingir que dormia. Via aquele jeito titubeante de sempre de Leon, o seu paletozinho, o presentinho na mão, o previsível.

– Pai... – a voz saía hesitante, baixinho.

Convencido de que Adolpho dormia, pensou em recuar – talvez fosse a melhor opção. Procurar de novo pela enfermeira seria o mais apropriado, mais simples, mais fácil. Foi quando viu os olhos azuis se abrirem, lenta, mas decididamente, e logo a seguir turbulentos, focando-o com vigor.

– Pai...

Procurou dar à voz uma melodia adocicada e ao rosto uma expressão de contentamento. Estendeu o pacote:

– Trouxe um presentinho para você.

Adolpho continuou calado, a olhar para o filho.

Os gestos travados, Leon sorriu de leve.

– Toma, você vai gostar... Está tudo bem, não é? A moça me disse...

Sentia gotas de suor deslizando na testa, acumulando-se nas sobrancelhas espessas, como as do pai. Um princípio de dor nas costas. Não tinha lenço. Piscou os olhos, mais uma vez, energicamente. De novo tentou sorrir. Nesse momento, Adolpho soltou a mão direita da grade lateral do leito, pegou o pacote e apertou-o com as duas mãos.

– Quer que eu abra para você? – arriscou Leon.

Em silêncio, os olhos gelados, sem emitir nenhum sinal de agradecimento, o pai afrouxou as mãos. Leon pegou o pacote, abriu-o, tirou do estojo a caneta tinteiro azul topázio com frisos dourados, formou mais um sorriso no rosto e colocou-a na mão do pai.

– E então? Gostou?

Sem deixar de olhar com firmeza para o filho
— que mais uma vez moveu os músculos da face levemente —, com o impulso de um homem são, Adolpho atirou o objeto com força, em direção à janela,
fazendo-o chocar-se contra o vidro, e cair feito pedra
ao lado da geladeirinha. Subindo no ar do estádio, o
som distante de um rojão acompanhou o pequeno
voo e a queda bruta da caneta.

— Não quero presente teu — disse a voz inteira,
afinada e clara. E repetiu, cortante: — Não quero nenhum presente teu.

Leon teve a sensação de que o pai, apesar de seu
estado, gritava com ele.

— Senta aí — ordenou Adolpho.

O filho piscou os olhos seguidamente, intensa-
mente, duas, três, quatro, cinco vezes, sem parar.
Sentou-se no sofá. E Adolpho, como se tivesse recebido, diretamente na veia, uma poção mágica de
rejuvenescimento, começou a falar:

— Pode ser que eu hoje não me lembre de muita
coisa que você me contou — disse Adolpho —, coisas
que entraram por um ouvido e saíram pelo outro.
Isso não é decente, eu sei, mas aconteceu, porque
nem sempre dei importância a elas; pode ser que
tenha falhado nisso, filho, não dando importância
para coisas que você falava. Pode ser, embora saiba
que isso não é, em si, tão indecente assim. Mas pode
ser que você também não tenha dado importância

alguma para as coisas que eu falei tantas vezes, que eu quis que você soubesse, guardasse como segredos, a vida inteira... Foram coisas importantes de verdade. Que importância, porém, podem ter tais coisas quando o que realmente importa é a atitude de ignorá-las, e, fundamental, quando o que importa mais é a atitude de repudiar quem fala essas coisas? Você tinha ainda uns doze anos, acho que foi pouco tempo antes do bar-mitzvá, eu lembro, e aquele bandidinho do Banco do Brasil entrou por trás e arrebentou sua perna bem na hora que você ia fazer o gol. Lembra disso? Na "casa" deles, um ginásio meio capenga, mas com piso bom, de taco. Ficou uma bola do tamanho de uma bola de tênis um pouco acima do teu tornozelo esquerdo, você se retorceu naquela hora como eu nunca tinha visto. Pulei da arquibancada, acho que nunca saltei tão bem, Leon. Você chorava e se calava. Não gritava. A dor obviamente era imensa, mas você não gritava. Ficou aquele grupo de garotos suados em volta de você, o pessoal da Hebraica se desesperou – não tinha massagista, nem médico –, mas eu me desesperei ainda mais. Você não gritava, apesar daquela bola de tênis formada de um momento para o outro dentro da perna, inchando bem abaixo da canela. Foi antes do bar-mitzvá, agora tenho certeza, você teve algumas aulas de preparação com o hazan da CIP ainda engessado. Pouco importa. Importa que você não deu um único grito quando a sua perna quase se partiu ao meio por causa daquele menininho filho da puta, que eu nem lembro a cara. Levei você de volta para o clube com o auxiliar do técnico no banco de trás segurando você, não acalmando, que você até parecia calmo. Incrível! A perna quase partida ao meio, e você calmo, com doze anos de idade. E nós ali desesperados, eu piscava a luz do carro, buzinava para abrir espaço. Fomos direto para a clínica do tio Milton. Vi lágrimas no seu rosto, uma torneira delas, mas nenhum grito; você não disse nada. Nem mesmo para xingar o moleque que deu aquela entrada assassina... Foi a minha primeira decepção com você! Merda!, murmurava depois, na sala de espera, tentando relaxar, enquanto o Milton construía o molde na sua perna. Merda! E me perguntava: por que ele fica quietinho? Me perguntava se isso era bom, se era sinal de força, de fraqueza, o que era aquele silêncio? Na hora concluí que era um sinal de força, masculinidade e também de caráter, coisa de sustentar o tapa... Mas não era isso não, Leon. Se você pensar agora, retrospectivamente, era outra coisa, e só entendi bem depois: era covardia mesmo. Porque o certo seria você xingar aquele moleque, abrir o berreiro, reclamar. As suas lágrimas eram tantas, e eram até bonitas, vi que você estava sofrendo, e fiz tudo o que podia. Na hora, claro, o que eu podia fazer era socorrê-lo, apertá-lo em meus braços, vociferar contra os juízes de segunda categoria.

De longe achei até que o moleque que arrebentou você estava caçoando. Mas não tive tempo de dar uma bordoada nele; só ameacei. Gritei com o técnico da Hebraica, aquele argentino de merda, que queria recomeçar logo o jogo...

Leon continua no sofá, a dois metros do pai. Ouve as palavras no escuro. De onde ele tira tudo isso?, pensa. E se pergunta, ainda: de onde vem tanta energia para falar desse modo e tanta besteira – porque tudo não passa de muita tolice, muita droga, pensa Leon – e tudo isso numa cama de hospital?

– Sabe por que você não progride, Leon? Porque se recusa a viver acima das suas posses. Não tem ambição. Você recusa até mesmo a responsabilidade de zelar pelo claviculário do cartório, vê se pode! Ou isso é mentira? Pedem a você para cuidar da guarda das chaves no trabalho e você fica com medo, vê se pode... Nunca vai progredir assim. Pau que nasce torto. A mesma coisa, sempre. Sempre. Assim foi no judô, você deve lembrar. E se não lembra basta pegar aquela foto na minha escrivaninha. Você no pódio depois de ganhar uma medalha de ouro em cima do maior rival. O quimono amarfanhado, o peito infantil aberto, e o sorriso. Foi a primeira vez que você bateu o Berezin num torneio, e ainda numa final. E a sua cara no pódio? E a minha cara? A minha cara, se você repara na foto, vai ver: era todo orgulho por trás daqueles óculos enormes. E a sua cara? De quem simplesmente não tinha entendido nada. Como tinha chegado lá, naquele ponto mais alto do pequeno pódio, por mérito próprio? Pus você para lutar judô para ganhar coragem e confiança e não deixar os outros baterem em você. Esse era o sentido. Você foi bem, claro que foi, mas com o tempo continuou deixando que batessem em você. Por que se acovardava? Por que se recolhia sempre? Nunca ensinei nada parecido com a balela cristã de levar tapa de um lado e oferecer o outro, elogio à resignação. Nem eu, nem sua mãe. A gente sabe o preço do silêncio e da apatia, não? De onde você tirou isso, essa passividade? Olha pra você, Leon! De onde tirou isso, essa cara de me bate que eu gosto, me engana que eu gosto, me rouba que eu gosto, me trai que eu gosto, me ameaça que eu gosto? Para você é dolorido remoer isso? Para mim é, mas aqui já está tudo dolorido! Grande merda! Junto a dor de fora com a dor de dentro, e pronto. Fica equilibrado, não é? Não é você o rei dos comedidos? Aquele que sempre fala tanto em equilíbrio? Que tudo deve ser bem equilibrado, tudo com peso e contrapeso? Ah, uma escritura bem redigida é o melhor exemplo de equilíbrio e isenção, sem dúvida! Pois olha o equilíbrio aqui: dor de fora igual a dor de dentro, uma estimulando a outra, não está bem assim, senhor cartorário?

Leon fecha os olhos. Coça os olhos. Afunda-se no sofá. Torce para o telefone tocar no criado-mudo. Nenhuma capacidade de absorver toda aquela culpa, o calor proveniente daqueles olhos e daquela voz tão conhecida – enferma, porém firme e agressiva.

– Nunca contei antes, mas quando você tinha uns dez anos e a gente brincava de lutar judô no meu quarto, eu prendi você num *saiko-mi*, coloquei todo o peso do meu corpo enorme sobre o seu corpo de menino. Apertei. Esmaguei você no chão de carpete durante vários segundos. Você esperneava. Você gritava e começou logo a chorar, e só então me dei conta de que tinha exagerado, de que estava machucando você de verdade. Era sério. Você sabe o que eu estava fazendo em você, naquela hora? Estava agredindo você, de raiva, raiva ou ódio, de você e tantas outras coisas, descarregando em você. Você se assustou muito, Leon. Soltei seus braços subitamente, como quem desperta de um sonho ruim, ou uma hipnose relâmpago, e você chorou compulsivo, assustado. Eu me levantei, pedi desculpas bestamente e fui até o banheiro. O que eu fiz? Eu me perguntava. E sabia: eu tinha sentido muita raiva de você, daquele menino de corpo franzino que era o meu único filho. Não me pergunte de onde veio aquele ódio. Podia ser ódio de mim mesmo que eu descontava em você? Foi uma estupidez, certamente, mas a verdade, Leon, é que um grande erro nunca acontece de uma vez só. Ele é sempre resultado do acúmulo de inúmeros erros menores e inofensivos, e nunca corrigidos. Você sempre me devolveu o dinheiro emprestado na data certa. Sempre! Nunca me conformei com isso. Porque não é o correto. E ainda se oferecia para pagar juros! Não é o normal. É doentio! Sempre pontual, nunca um minuto de atraso. Tudo sempre certinho. Quando você reagia agressivo a uma sugestão minha, de ler um poema ou jogar xadrez, de conversar sobre um assunto que eu achava importante – e que você achava ridículo –, não estava rivalizando comigo, tenho hoje essa certeza, nem com pessoa alguma ou coisa alguma que eu representasse: não, era briga de você com você mesmo. Precisava rejeitar alguma coisa, precisava se livrar do que havia de forte e mau dentro de você. Ao contrário do que eu imaginava então, eu não devia me sentir ferido, devia mais era observar tudo aquilo e me fazer de tolo, sem abdicar das minhas propostas, do meu papel ali, da conduta, no final das contas, esperada. Aprenda isso de uma vez por todas, Leon, que já está mais do que na hora: a bola vem cada vez de um jeito, nem sempre dá para ajustar, parar, arrumar, fazer bonitinho. Não, às vezes a gente tem de chutar do jeito que ela vem, do jeito que conseguir, sem amaciar. Eu estou aqui como você está vendo, é coisa de dias ou semanas, no máximo, se você quer saber. Mas você não. Você tem dentro, aí, muito mais lenha para queimar, tem de parar de despejar nos outros as angústias que são suas. A sua vida não é a minha. Pode sentir ódio de mim, vai, sente, filho, filho, filho, filho... Faz bem para você. É necessário, e não é para sempre, eu sei, você vai sentir muito ódio de mim, devia ter sentido muito mais e muito antes. Não é pecado. Se não sentir é porque está errado, destruído, esgarçado, e eu também. Não sei como a Estela aguenta você, francamente... Tem certeza de que ela não se entedia? O que você quer da vida? Me diz! Quer acabar com esse arrependimento todo, como o meu, por tantas coisas malfeitas ou simplesmente fracassadas? É isso? Quer se arrepender, como eu, pelo resto da vida, por não ter tido, como eu não tive, a coragem de ir atrás do irmão que ficou em Varsóvia e que, por isso mesmo, desapareceu para sempre, para sempre e certamente num campo de concentração? Pois você, para se esconder, você sempre andou no sentido inverso do da natureza humana dos velhos tempos: buscava a floresta, apesar de sua hostilidade, em vez do descampado. Esse o trajeto que você empreendeu sempre para fugir das coisas. Esconder-se. Não se lembra? Como quando ouvi você e sua irmã tocando a Internacional dentro do banheiro num tempo em que qualquer vizinho poderia denunciar a façanha do jovem duo como uma evidente atividade clandestina, subversiva. Você, o que fez? Em vez de justificar o ato como fruto da curiosidade e da brincadeira – o que era o mais provável –, simplesmente atribuiu a ideia à irmã, veja só, e manteve esse discurso, não foi assim? Naquele momento, lembro bem, achei que você simplesmente não estava nem mesmo honrando o seu nome e a história do seu nome. Porque você talvez nunca tenha tido noção disso: seu nome foi lhe dado em homenagem ao Trotsky, quase clandestinamente, quase inconscientemente, porque não se podia, naquela época, dar esse nome, meus camaradas de partido, essa coisa de militância. Chamar alguém de Leon, ali, era loucura... Mas eu quis dar a você esse nome, e obviamente não contei para ninguém do Partidão, sabia? Parece meio besta, mas a gente é meio besta durante boa parte da vida... Não sei como fiz isso, minha cabeça devia andar enlouquecida, mas acho, hoje, que foi um ato corajoso. Essas coisas de política... Sua mãe achava o máximo, mas eu não gostei muito quando, por incitação dela, você fez aquela maldita viagem a Israel. Que história! Nunca achei que a solução para os nossos problemas passasse pelo tal Lar Nacional Judaico, nunca. Por isso gostava da ideia de cultivar o iídiche do seu avô, como uma espécie de relíquia, memória, mas não o hebraico, essa recriação artificial que sempre achei perigosa e nada universalista. Perdi muitos amigos por causa disso, é bom que você saiba. Mas sua mãe, que nunca quis saber dessas coisas, insistiu, ele vai catar laranja, as amizades, vai conhecer uma menina e vai ser bom, Adolpho, para ela era isso e ponto final, e você na verdade ficou do lado dela porque era conveniente para você, não tenho dúvidas. Tantos meses fora de casa... Nada melhor naquela idade... De que serviu tudo aquilo? Nem você saberia responder direito. Mas do que eu estou falando? Falando dessas coisas aqui, nesta merda de hospital... Acho que não tenho mais condições... Não sei, talvez eu ame você demais, filho... Amor? Não sei. Amor mesmo, o que pode ser isso? Você sabe? Acho que não sei. Preciso descansar... Não posso falar tanto... Falei demais... Vai embora... Preciso tanto descansar...

Adolpho fechou novamente os olhos, suspirou de modo prolongado, exausto.

Não muitas palavras, mas, mesmo assim carregadas de rejeição, Leon sentiu. Moveu-se para pegar a caneta caída entre a cama e a geladeirinha, mas no meio do caminho, sentindo formar-se no rosto do pai uma expressão de azedume, preferiu deixar o quarto. O quarto e o hospital.

No carro, depois de ligar o rádio, voltou a pensar nas ameaças que sofria havia meses no cartório e na viagem da família, às pressas, para Buenos Aires.

Faz uma semana que não escrevo porque estive com o tempo ocupado pelas relações pessoais. Isso significa que passei a maior parte do tempo procurando o tipo de amizade que há por aqui... como falam os voluntários e o ulpanistas. Esta noite (hoje) vai ser a minha terceira no quarto novo (número seis). Até a quinta-feira morei com os russos fedidos. Não pude conversar com eles: quase não nos víamos e eles tinham pouca vontade (necessidade) de me contar coisas sobre a URSS. Mandei as cartas para o Brasil: uma para a Vera, uma para o arquivo e uma para minha mãe. Descobri uma máquina de escrever com letras latinas na fábrica de escovas. Como eu previra, afastei-me um pouco da Gina e da Lídia. É óbvio, não preciso explicar, que há pouco a receber da parte delas. E eu não vim aqui para "ensinar" ninguém a descobrir o mundo. Gina é inteligente, mas não teve experiência alguma em termos de cidade-vida nos seus dezoito anos. Agora estou no quarto que gostei de preparar, mobiliar e decorar. Seis não é meu número preferido, mas é um número simpático. Por enquanto estou sozinho. Há uma holandesa que pretendo trazer para o meu quarto (pelo menos por algumas noites!). Não a conheço bem e creio que não será fácil. Desde que mudei para cá, para a ala dos voluntários, tenho tocado violão todos os dias e parece que eles gostam quando toco; o problema é a escassez do meu repertório. Passei a semana toda trabalhando com os canos na irrigação, procurando a bosta do ponto de equilíbrio; trabalhei com o Amoz (que estuda espanhol e quer treinar comigo). Quero receber cartas de casa e também da Débora e do Moti (saudades! Saudades do Moti, que coisa, bem que ele podia ter vindo também, devia ter insistido mais; tudo seria diferente com um amigo de tantos anos para fazer companhia, acho eu). Aliás, agora me vem à cabeça quando conheci o Moti, um dos momentos mais engraçados da minha infância, provavelmente. Eu era um "veterano" no Scholem, conhecia todas as manhas e conseguia burlar alguns horários para ficar batendo bola, sozinho, na pequena quadra "poliesportiva" do ginásio... Estava lá um dia, fazendo meus gols sem adversários (a não ser os imaginários) quando um garoto bem mirrado apareceu e pediu para jogar comigo. Achei inusitado, é claro, pois sabia que ele tinha entrado na escola naquele ano, numa das outras duas classes da quarta série (a minha era a "A"). Gostei, e ficamos pelo menos uns dez minutos trocando passes, fazendo gol a gol. E ele era bom de bola, no mesmo nível que eu – o que é sempre melhor, quando se trata de jogar. Até que, na hora de um chute meu, chegou o bedel, um tal José Maria, novo na escola, bem carrancudo – como deveria ser para exercer sua função –, e começou literalmente a latir para nós. "O que vocês estão fazendo aí?", ele latia... "Sabem que não se pode jogar na quadra a esta hora. Ainda por cima são do primário, não são?" E avançou feito um buldogue em cima de nós. Recolhi a bola e fiquei postado bem debaixo da tabela de basquete. "Qual é o seu nome?", ele me perguntou, colocando-se no meio do campo. Respondi simplesmente "Leon", e bati a bola. Ele então se virou para Moti e fez a mesma pergunta: "Como você se chama?". Moti demorou um ou dois segundos, e respondeu, todo sério: "Tigre". Eu ri muito, e até mesmo José Maria deu um sorriso, sem deixar de nos expulsar de volta para as salas de aula. A partir desse episódio, tive a certeza de que o Moti seria meu amigo, meu parceiro... E evidentemente, nunca mais deixei de chamá-lo de Tigre. Moti, o Tigre. Amigo do Leon... Amizade feroz! Hahaha! Depois daqui vou para a Europa. Não consegui falar com Eliza (a argentina que queria ir comigo ou pelo menos disse isso numa noite dessas em volta da fogueira). Ela deve estar circulando por Israel e pode até aparecer, a qualquer momento. Dei dois selos postais para o Michael, um holandês fanático por selos, que fala alemão como primeira língua (fora o Dutch!) e fala comigo em francês. Os russos, quando cruzo com eles no refeitório coletivo, ainda me olham feio.

Moti Ajzen, Moti, o Tigre, é antes de mais nada, um dentista infeliz: sente a perene angústia de não ter alcançado o sucesso e o reconhecimento de que se acha merecedor – não pelo acúmulo de estudos e certificados, mas pelo comportamento e pela dedicação, pelas intenções e pelo compromisso, e sua ansiedade se intensifica quando cogita a hipótese de nunca alcançar o sonhado patamar. Sofre ao ver seus pares laureados, flores à mão, a fala encomiástica, sorridentes. A glória. Revela, na superfície do rosto, e no calor do sangue, os seguidos golpes de não-reconhecimento que foram desferidos em sua direção. Quanto mais notícias do êxito alheio recebe, mais se remói internamente, como se um dia a mais sem glória implicasse, além de desânimo, a destruição de milhões de células de autoestima. Inveja, ele sabe o que é isso. Inveja pura. É natural, nele, invejar, conscientemente. Sente-se tanto mais humano quanto mais inveja, e assume a sua inveja e a percepção que a inveja vira ódio, e obriga à vingança, perseguida de uma forma ou de outra, direta ou indiretamente, vingando-se do vazio em alguém. Não atribui aos outros, ou a um outro, a culpa, a responsabilidade por essas decepções, as realizações frustradas; julga ser ele próprio, o responsável – o que, de certa forma, acaba doendo menos, embora não seja uma atitude menos sombria. Com uma expressão no rosto que se situa entre o escárnio e a ironia, diz sempre: não sou médico, sou apenas um dentista; serei sempre, e apenas, um dentista.

Apesar disso tudo, ou para oferecer a si mesmo uma compensação, Moti é essencialmente – ao contrário de Zaguer – um ser gregário, qualidade que, na sua forma de ver, faz toda a diferença. E, efetivamente – até mesmo Zaguer sabe disso –, faz.

Leon o conheceu aos onze anos, na escola. Passaram a ir juntos ao Ginásio do Ibirapuera assistir a jogos de handebol, basquete, ou ao Pacaembu, Moti com bandeira do Corinthians feita em casa, com costura da mãe e tubo de plástico, embora fosse santista. Iam num grupo de três, na verdade. Célio Fucs, um ingênuo amante da força, para quem a inteligência residia no bíceps, e não na cabeça, era o terceiro da turma. Mas Célio logo desapareceria, quando seu pai, sionista de esquerda, optou por emigrar para Israel, onde passou a viver num kibutz na expectativa de ali construir um minimundo socialista. Célio, lembra-se Leon, chegou a lhe enviar uma foto com uniforme do exército israelense, em cujas fileiras atuou, como tanquista, perto do Líbano em 1980. Enviou-a justamente a ele, Leon, que não servira qualquer arma brasileira, dispensado por um "excesso de contingente" providencialmente obtido pelo pai, em São José dos Campos, com um conhecido major que lhe devia favores da época de militância no Partido Comunista.

Foi Moti quem criou a assinatura de Leon. Durante horas tinham ficado no quarto dele bolando como escrever seus nomes de modo único, antecipando o que fariam quando adultos, pois a assinatura é uma marca indelével e um marco inaugural também. Ter uma assinatura é um rito particular de passagem para a vida adulta. Criá-la, treiná-la centenas de vezes numa folha de papel, aos onze anos de idade, junto com um amigo – eis, talvez, uma pequenina aventura inesquecível. A assinatura de Leon, bolada por Moti, manteve-se igual anos a fio, deformando-se apenas pelo hábito, mas conservando, mesmo no trabalho do cartório, os traços essenciais sugeridos pelo amigo.

Foi Moti, também, quem levou Leon pela primeira vez a um prostíbulo, o Puteiro da Olga, na rua da Consolação, próximo ao cemitério. Foram quatro: Moti e Zaguer eram os mais novos, com treze anos de idade. Subiram a escadaria em penumbra do pequeno sobrado, grudados uns nos outros. Leon seguia os passos dos outros, timidamente, temeroso, pensando no conselho dado por Moti ainda na calçada: logo que você terminar, vá ao banheiro, aqui mesmo no puteiro, e dê uma mijada bem forte, a mais forte da sua vida, para colocar tudo para fora e não pegar uma gonorreia. Preservativo, Zaguer só veio a usar mais tarde, por recomendação do pai, depois de este flagrar manchas diferentes nos lençóis da cama do filho. E mais vezes ainda por insistência de Adolpho, quando este o presenteou com duas caixas de camisinhas, aos dezoito anos, antes de sua longa viagem a Israel.

Até onde ele podia se lembrar, Moti sempre pescou a sério. Colecionava revistas especializadas em pescaria e buscava sempre novos locais para praticar o hobby. Convidava Zaguer, mas este recusava. Não sabia nadar, não tinha paciência para o silêncio. Zaguer, na verdade, tinha pavor do silêncio, não obrigatoriamente do seu próprio silêncio. No fundo, não conseguia ficar ao lado de uma pessoa, conhecida ou não, sem puxar assunto; quando isso era impossível, agitava-se, mexia o corpo de alto a baixo, como se uma alergia repentina tomasse conta dele. Talvez por isso, pensava, talvez por isso, diferentemente dele, Moti nunca sentira necessidade de casar. Essa mania de tagarelar, talvez mais reflexo de insegurança do que entrega ao diálogo, nunca fizera de Zaguer um aglutinador ou um homem de natureza propensa a integrar grupos; no máximo formava duplas.

Moti lhe contava casos de amigos – companheiros, a rigor, nem todos solteiros – que, a pretexto da pescaria, viajavam juntos, movidos pela vontade de passar as noites em boates de segunda categoria; iam mais por esse desfrute mundano do que pelos troféus ou anzóis. Chegavam a ir até Manaus, só para isso, caindo em inferninhos macabros com moças desengonçadas, que importava? Uma pescaria, sim, mas de outro tipo, brincava Moti, mais próxima de um pesque e pague: os peixes aparecem aos montes ao primeiro toque da isca na superfície da água. Mas também conhecera na pesca outra gente, gente que se divertia em silêncio, num tipo de silêncio especial marcado pela espera. E tinha até mesmo conseguido fazer amizades, obter relações de camaradagem, confiança, trocar favores.

— Preciso falar com você, Tigre.
Moti comia um sanduíche no intervalo do jogo de domingo quando o telefone tocou e ele ouviu a voz de Zaguer.
— O que houve, Leon?
— Meu pai, rapaz... Acho que ele está muito mal.
— Vamos tomar uma cerveja? Por que você não dá uma passadinha aqui? Estou vendo o jogo. A gente pode se encontrar às sete?
— Tudo bem. Eu passo aí — confirmou Zaguer, para logo depois deitar-se no sofá da sala, em silêncio.

Há três dias que Shlomo mora comigo. É o novo voluntário do kibutz e eu não estou mais sozinho no quarto seis. É moreno, magro e alto. Tem um sorriso bonito, mas reservado. Cabelos de quem serve o Exército. Contou-me: esteve quatro meses nos EUA e, quando voltou (é israelense), ficou internado dez meses num hospital para tratamento "psiquiátrico".

Enchera-se de drogas de todo tipo. Agora está no kibutz para descansar. Toca violão e canta com facilidade as músicas que todo o mundo conhece; por isso, cantam-tocam com ele. Não conversamos muito, ainda, por causa da divergência em nossos horários. Na verdade, não gostei muito de ter sido (ser) ele o meu companheiro. Primeiro porque, recém-saído da Tsavah, sua mentalidade é um tanto brecada e voltada demais para o nacionalismo israeli; segundo porque eu gostaria de treinar mais o meu inglês e ouvir mais coisas sobre a Europa; sempre preferi a Europa. Bom, é verdade que não tenho condições de escolher companheiros.

Anteontem fiquei com a Gina em meu quarto até a hora de dormir. Queria dormir com ela, mas acabei recebendo (mais dando do que recebendo) um beijo longo e uns amassos. Só isso. Acho que ela estava com medo. E eu, não sei, acho que fui delicado demais da conta... Depois, senti também a inexperiência dela... não quero mais muita coisa com ela. Tenho pensado muito na Débora e creio que não vai ser fácil achar outra pessoa como ela, mesmo ela estando tão longe, no Brasil ou em viagem a Nova York, sei lá. Não sei o que faz agora, em que pensa. Apenas imagino, a partir do que recolhi em nossos três anos de convivência. Talvez jogue vôlei... Os dias aqui têm passado depressa, espero cartas, mais do que qualquer outra coisa. Não tive notícias de

Eliza até agora. Gedalia, um norte-americano enorme que trabalha comigo na irrigação, está me dando dicas sobre o trabalho na Grécia e sobre as condições de vida daquele país. Ele me faz lembrar o Moti, pela magreza, eu acho. Gedalia escreveu uma novela e quer publicá-la em Londres. Perguntado por mim para quem escrevia, respondeu: para pessoas que se interessem pela vida, pela beleza, que pensam, gostam de pensar, que não procuram apenas dinheiro... Disse-me ser um livro filosófico. Uau! Respondi-lhe: então é para um público muito seleto? Respondeu, balançando a cabeça, que sim! Ele é uma boa pessoa e trabalha bem, mas não quero ler o seu livro!

Hoje estive no quarto do Angels (filipino) gravando música brasileira em seu gravador. Gravei "Asa branca", "Mora na filosofia", "Este seu olhar"; e também "El Condor Pasa". Antes, a pedido dele, gravei também o meu nome, falando Le-on Za-guer... desse jeito, pausadamente, com voz e tom de radialista. Ficou bonito. Angels tem 26 anos e vive na Alemanha há quatro anos e meio trabalhando num banco. Tem rosto de japonês e não gosta do trabalho que faz. Talvez vá viver no Havaí. Diz que já conheceu um Zaguer antes. Acho impossível. Engraça-se com facilidade, é simpático, carrega um sorriso oriental muito bonito e largo. Às vezes parece que esse sorriso salta para fora do rosto dele, pois Angels é miúdo. Ontem, pela noite, estive no quarto de Gerard, um francês manco, que deve ter tido poliomielite na infância. Ele trabalha como torneiro numa fábrica de cabos em Marselha. Contou-me sobre a organização dos operários em sua fábrica, e foi a primeira pessoa a me fazer uma pergunta incomum: você é comunista? Conversamos muito tempo e ele repetiu a velha teoria (embora hesitasse a cada resposta que eu lhe dava) de que o homem é assim mesmo e não se pode mudar nada. Nossa conversa foi boa, ele até mudou um tanto seu raciocínio. Deu-me de presente uma linda camisa de lã azul que ele mesmo havia remendado. Hoje foi a Tel-Aviv. Tenho trabalho na Falcha todo o tempo... *See you later!*

A casa estava silenciosa, o que significava que, apesar dos móveis e utensílios, estava vazia. Era tudo o que Leon queria, desde há não sabia quantos anos, mas era, ao mesmo tempo, tudo o que ele mais temia. Tecido esponjoso, viscoso, o tédio caía e o engolfava, transformando a solidão – antes tão estranha quanto desejada – em algo palpável e surpreendentemente áspero. Juntos tinham decidido que o melhor seria mesmo que Estela e Frígia fossem para Buenos Aires, um mês, dois meses ao menos, até as coisas se acalmarem – o que queria dizer até que ele se acalmasse –, até terem certeza da veracidade das ameaças. Mas no vazio de agora a preocupação é outra. A rigor, não uma preocupação, mas uma espécie de interrogação agigantada, subdividida em várias. De onde provinha aquele discurso do pai no hospital, tão cheio de absurdos, incoerências, mentiras? De onde poderiam ter surgido aquelas versões, que Zaguer sabia serem fantasmagóricas, para acontecimentos gravados com nitidez em sua memória de modo tão diverso? Por que ele, Leon, não tivera coragem de fazer o que por um momento lhe passara pela cabeça: simplesmente desconectar a porcaria do soro que gota a gota penetrava pelo braço esquerdo do pai deitado, enfiar-lhe a porcaria da caneta no peito – por que não bem no meio do olho direito? –, e ele que se danasse com aquelas velhacarias de enfermo? O episódio da perna quebrada, por exemplo: o pai, Leon relembrava agora, o pai nem sequer estava no ginásio naquele dia, não tinha ido ver o jogo, chegara depois, quando Zaguer já estava sendo atendido no clube, e só depois o levara para a clínica do dr. Milton.

Zaguer não entendia a recusa do pai em receber seu presente. O velho adorava canetas. Pode-se dizer que, até a meia-idade, fora um colecionador. Só de azuis como aquela possuía certamente meia dúzia. Pior: por que recusara o presente sem, no entanto, tê-lo deserdado materialmente, ele, o único filho homem? E o que poderia explicar aquela reticência tão pesada, bem acima do normal, dele próprio, Zaguer, junto à cama do pai? Por que, adulto, não atingira a informalidade tão comum nos diálogos entre pai e filho, mesmo nas situações mais delicadas, mesmo quando essa informalidade é, ao mesmo tempo, eivada de enganos, algum cinismo e trapaças nem sempre involuntárias? Teria algo a ver com a vergonha por ele não ter chorado no enterro da mãe três anos antes, atitude que o pai talvez nunca tivesse perdoado? Mas, se fosse isso, por que Adolpho não tinha nem sequer tocado no assunto em meio a tantas estultices ditas no leito do hospital? Se alguma vez conversaram sobre isso, foi numa época em que Zaguer simplesmente não escutava o que Adolpho dizia. Ouvia, mas não escutava. O pai falava, mas não dizia. E ele não escutava. Como se nada que viesse do pai pudesse encontrar eco dentro dele, vingar dentro dele. Uma barreira. Como se não admitisse, no pai, o direito de se dirigir a ele com firmeza, o direito de dizer o que pensava. No fundo, como se o pai, apesar de tudo e de muito, lhe devesse muita coisa e não tivesse razões para se achar quite com o filho. Ao contrário. Leon parecia sentir-se credor de afeto, talvez mais do que isso, até: respeito, ouvidos, tolerância. Por que aquela tristeza dolorida de quem desconfia de tudo, absolutamente tudo? Agora, porém, quando o filho chegava aos quarenta anos e o pai estava confinado há dias num hospital, Leon começava a sentir que os sinais estavam invertidos. Que naquela altura da vida dos dois homens

Adolpho se sentisse apto a dar um *esporro* no filho, isso fazia sentido. Mas faria algum sentido que Leon, àquela altura de sua vida, sentisse o *esporro* realmente como um *esporro* e enfiasse simplesmente o rabo entre as pernas? No fundo, ele é que talvez devesse estar cuidando de Adolpho, pensava agora, como uma forma, inclusive, de... retribuição. Ele, Leon, é que deveria passar sermões, não o contrário. Afinal, se o pai estava hospitalizado devera-se, no início, a uma imprudência infantil e banal que lhe provocou um resfriado em tese inofensivo. Eis o grande salto, o salto decisivo que deveria dar. Como subverter as circunstâncias capazes de impedir a realização dessa proeza existencial?

Por que isso não acontecia?

Você não tem o direito de me dizer nada disso, queria dizer Zaguer ao pai, você não tem esse direito porque você é o responsável pela minha miséria, miséria moral, esta miséria aqui, vê se entende. Eu estou aqui, com uma filha perdida por aí, a mulher alheada e distante, e você tem tudo a ver com isso, você tem tudo, a responsabilidade, desde os primeiros dias você já sabia que ia acabar assim, que eu ia acabar assim, não é? Profissionalmente belo, resolvido, respeitado, peça-chave no 10º Cartório. E daí? Sabia que por dentro a coisa se retorcia inteira, essa ferrugem mental, a fraqueza, a covardia, essa petulância defensiva, não é assim? Sabia desde sempre que eu não seria um forte, este que a você se dirige, um fraco, vê se entende. Você não vê que, depois de mover o subordinado maquinalmente, cada ordem que sai da minha boca rebate na parede, em todas as paredes sujas do cartório e volta como uma panela vazia, insignificante? Você, um pai tão batalhador, realizado, tão bem formado, tão capaz de vencer um câncer na laringe, poucos anos antes. Se era comunista, por que, então, me levava quase toda sexta-feira à sinagoga? A memória nunca nos abandona, eis o problema, e ela, junto com todas as outras lembranças, vai formando, dentro aqui deste mesmo corpo, uma vasta e interminável coleção de panelas vazias, de vazios, de ocos. Você e esse remorso em relação ao irmão morto na Polônia ou sei lá onde, nem você sabe, aliás, e nunca buscou descobrir. Por que você nunca foi atrás desse irmão, se é que ele existiu mesmo? O que você entende de orgulho? Esse é o vazio a que você me destinou, desde sempre, vê se entende.

E a história da viagem a Israel... Ah, aquela viagem... Como podem alguns meses adquirir tamanho peso na vida de um homem? De uma família? Mas, de onde ele tirara aquilo tudo? Nunca lhe falara nada sobre aquelas ideias. Delirava, o velho, o velho delirava, pensava Zaguer, em nome de uma distância, da decisão mais ou menos consciente de não se aproximar. Não queria se aproximar do filho, mas apenas marcar os terrenos, assim raciocinava Leon. O pior de tudo: se era para fazer aquela espécie de balanço, atirando nele e para todos os lados, por que o pai não lhe falara nada sobre a morte da mãe, a esposa dele? Aquilo sim, aquilo sem dúvida era o mais importante. Aquilo sim merecia tempo, merecia gritos e aquele tom dolorido de desabafo. E, no entanto, Leon pensava, nenhuma palavra. Nada. Mais uma vez, nada.

Ainda recém-casado, Zaguer costumava ouvir gritos e surras no apartamento vizinho – o prédio tinha paredes estranhamente finas, uma construção severamente criticada e até mesmo demonizada pelo pai –, e ficava agoniado, se desesperava, pois lembrava a infância. Revia Adolpho cheio de suor gritando, berrando com a mulher – a mãe de Zaguer – dentro do quarto, para, em seguida sair em sua ridícula Romiseta, aquela rã destrambelhada de metal vermelho, tranquilo, como se nada tivesse acontecido –, deixando para trás, ele, Leon, sem nada poder fazer, lamentando, sem ter verdadeiramente a consciência de que nada poderia fazer. E só ele parecia ouvir os tais estrondos vizinhos. Um acontecimento. Muitas vezes Leon se perguntara se não provinha dali, daquele acontecimento provavelmente banal e corriqueiro para as outras pessoas, o desvio sem rumo que sua vida tomara, nos anos seguintes. Aqueles berros não o atingiam diretamente, mas, atravessando as paredes, reverberavam, contundentes, impiedosos, dentro de sua cabeça.

Estela jamais comentou nada disso, talvez fingisse ser tudo normal. Ele, ao contrário. Ao longo de muitos anos, todos os dias eram dias de falta, falta de alguma coisa, sonhos de nunca chegar, de ter metas, sim, mas sem chegar a lugar algum, muito menos ao lugar nebulosamente almejado. Que tipo de desvio sem rumo era aquele, do qual Leon parecia prisioneiro, na mente do pai?

Zaguer adormece.

Duas horas depois, ao acordar, mais uma vez lhe vem a lembrança vaga do sonho simples, límpido e óbvio de sempre: ele sai de algum lugar em busca de outro, ziguezagueando por ruelas ou escadarias ou trincheiras disformes sem encontrar a saída, perde o fôlego, a angústia lhe rouba ar, não tem muito tempo para encontrar a saída – tempo nenhum –, corre, e nunca a encontra, sobe, desce, corre novamente, passa por becos, retorna, mais escadarias sem fim, novas paredes, até despertar com falta de ar.

Antes de sair de casa para encontrar Moti, Leon passa no quintal para dar ração ao cachorro (Rex, nome insosso escolhido por Estela, um cão sem raça definida comprado para Frígia, mas com o qual a filha nunca se relacionara autenticamente, replicando a relação de Leon com o mundo). Dá um pontapé no animal, descontando nele o acúmulo de ódio, o inconformismo inerte, ruminando o ressentimento doído e transparente.

Estive sexta e sábado em Jerusalém. Fui com o Angel (entendi que é assim que se escreve, sem o "s"), que me fez boa companhia. Ficamos caminhando o tempo todo e nos cansamos. Dormimos num hotel de estudantes, onde conhecemos dois argentinos que, ao saberem minha idade, disseram ter perdido muito tempo... Diziam ter 25 anos. Estive em Belém, e lá duas mulheres alemãs nos pagaram um almoço caro. Graças ao Angel, obviamente. Além de comunicativo, ele fala alemão e inglês com perícia, estuda o hebraico e há sete anos viaja pelo mundo. Acredita na existência de um Deus e isso torna um pouco limitada a nossa conversa, pois eu não consigo acreditar nisso. Aliás, acho que nunca na vida vou acreditar em Deus, não sei exatamente por quê. Na verdade, isso tem me causado estranheza: hoje pela manhã, enquanto consertavam o jipe da Falcha, conversei-discuti com Gedalia a respeito de filosofia, mudanças sociais ou individuais. Também ele mencionou acreditar em algum Deus (não importa qual). Mantinha a ideia da transformação interior que os homens devem cultivar para poder modificar o mundo; e isso só pode ser feito, ele dizia, através do estudo, da curiosidade pela própria existência (o "conhece a ti mesmo" foi mencionado). Argumentei que o mercado caminha anarquicamente, regido por leis que não provêm da razão, malgrado todas as tentativas filosóficas de fazerem dela uma deusa com capacidade de infinita infiltração. O caminho, que o mercado cria, é que merece (necessita) ser modificado. Até agora não recebi carta alguma desde que cheguei ao Ruhama. Ontem, quando voltei de Jerusalém, recebi o recado do Mendel dizendo que o Isaac telefonara cheio de inquietação, alegando falta de consideração de minha parte para com ele. Ao telefone, Isaac disse, segundo Mendel, que meu pai telefonara e falara com ele. Vou ligar para saber o que há. É o telefonema do meu pai o que mais me interessa. Não sei como receberam minhas cartas, não sei se Clóvis entregou as minhas coisas. Deve chegar alguma carta, por estes dias. A conversa nunca é fácil com meu pai; não sei qual a reação dele, nunca sei. Nunca saberei. Acho que ele acha que já fez demais. Shlomo ainda dorme ao meu lado e ronca (agora são onze horas). Emprestei *La Question du mode de vie* para o Gerard e isso para mim tem algum significado. Ele diz que nunca leu Trotsky. Meu inglês está cada vez menos ruim. Quero conversar com Annye, uma holandesa alta e simpática, mas que fala pouco; embora me atraia, quase nada posso falar a respeito dela. Ontem soube que Carmela mora sozinha aqui. Dei um presente a ela. É magrinha, morena, rosto um pouco caído de quem gosta de drogas (não deve ser o caso). O pessoal daqui ficou cabreiro porque ontem faltei ao futebol e o time dos kibutzniks ganhou de 3 a 1. O trabalho na Falcha é relaxante.

O Tigre vive no mesmo pequeno sobrado onde atende a clientela escassa, que a ele entrega sua saúde bucal. Para ele, bastam-lhe esses raros crentes.

— Isso é que é vida, Moti — diz Leon, depois de apertar a mão do amigo. — Sempre solteiro, tudo do jeito que você gosta.

Olhando ao redor mais detidamente, complementa:

— Que zona é essa, rapaz? Deixou sua casa de lado?

— Ora, agora você também pode fazer isso, não pode? Elas não estão na Argentina? Aproveite, meu caro. Porque elas certamente estão no bem-bom, se você me entende.

— Não brinca, Moti. Quem sou eu para ter essa liberdade toda? Nem sei o que fazer com ela. Nem sei o que é sair da linha, percebe? Na verdade eu me emporcalho dentro dela, só tenho umas tentações, sei lá.

Leon estava procurando ser sincero, mas nem sempre a sinceridade é algo realmente alcançável. Não dissera toda a verdade. "Saíra da linha", sim, pelo menos uma vez, e bastante, com uma secretária júnior, de dezenove anos de idade, no cartório, dois dias antes de Frígia, a filha distante, completar um mês de vida. Marcinha, chamava-se, e era de uma ambiguidade perturbadora, ao menos para ele: as calcinhas, minúsculas, ficavam sempre marcando as calças justas de tecido fino, e eram tão justas essas calças que a calcinha marcava não só atrás, desenhando um traseiro inescapável, como também na frente, o que era ainda mais provocante (ninguém comenta isso com ela? ele se perguntava); piscava o olho direito com uma malícia que Zaguer nunca vira antes, e que, às vezes, ele interpretava apenas como um tique nervoso em formação (como saber?). O fato é que, numa sexta-feira, final de expediente, Márcia deu uma piscadela mais afoita, e Zaguer a convidou para tomar um café. Não no cantinho de confraternização dentro do cartório, mas longe dali, numa doceria que acabara de ser aberta no Largo do Arouche. A simples aceitação do convite por parte dela provocou uma ereção que havia muito tempo ele não experimentava, e, apesar das hesitações de Leon, acabaram os dois, por uma hora e meia, suando juntos, freneticamente, num hotelzinho da Praça da República. Marcinha, certamente obedecendo a planos grandiosos de crescimento profissional, deixou o cartório um mês depois. Ao despedir-se de Leon, lançou de longe aquela piscadela tão particular, tão fisiológica e fisicamente poderosa. Nunca mais se viram.

Moti tranca a porta da casa, desliga a TV, e aponta o sofá marrom, onde o amigo prontamente se senta.

– Bom que você chegou. Já estava cansado de ficar sozinho, ainda mais num domingo. E esse time de merda ainda cede o empate no último minuto! Só um instante... Vou lavar as mãos. Comi muita pipoca.

Leon levanta e caminha em direção à estante de livros. Poucas coisas lhe pareciam tão curiosas quanto a pequena biblioteca de Moti. Se os livros de odontologia se organizavam no consultório, ali o Tigre mantinha uma salada de obras cujo sentido era impossível precisar. Leon via: um livro sobre os efeitos benéficos da maconha no organismo, um manual de botânica, dois tomos das obras completas de Machado de Assis, um volume imenso sobre o folclore no Brasil, um guia prático para o apicultor. Numa das prateleiras, talvez a sequência preferida: uma dúzia de títulos sobre pescaria. E uma brochura solitária cujo nome lhe chamou a atenção especialmente: *Como agem os chantagistas – e como nos defendermos deles*. Pegou-o.

Do lavabo, Moti pergunta, enquanto enxágua as mãos:

– Escuta, por falar em tentações, quando é que você vai se decidir a ir pescar comigo?

— Esquece, Moti. Já disse que não gosto da natureza.

— Você é louco, rapaz.

O Tigre vai até a estante, ao lado da qual, sobre uma pequena mesa, encaixara o aparelho de som.

— Gostou desse livrinho? É muito divertido – comenta, acionando o aparelho. Sorri, e um som familiar a Zaguer toma conta da sala. — Uma homenagem, professor. Faz tempo que estou para mostrar esse CD. Comprei numa liquidação, pensando em você. Acredite se quiser. Não entendo nada do assunto, mas talvez você conheça essa soprano... – diz Moti estendendo o estojo plástico para Leon.

— Ótimo. Francamente, não conheço. Mas essas canções são do outro mundo. Obrigado pela homenagem. Estava com saudade delas.

— Fique com o livro... No final tem até um glossário sobre o linguajar desses delinquentes. Pode ser útil, sabe-se lá. O CD não, ele fica aqui para você ter sempre um pretexto para fazer uma visitinha.

— Não, não. Obrigado. Esse livro é uma bobagem – retruca Leon, repondo o volume na estante.

Permanecem em silêncio, ouvindo a seleção. Depois de alguns minutos, Zaguer retoma:

— Sabe qual é o problema de conviver com a natureza, rapaz?

— Não vejo problema algum, muito pelo contrário.

— O problema é que a natureza também convive com você, entendeu? Os insetos, principalmente, eles também ficam se achando no direito de conviver com você. Para mim não dá.

— Bom, tudo bem, mas quem é que está falando em natureza, rapaz? — Moti diminui o volume do aparelho de som e fixa os olhos no visitante, a quem se dirige pausadamente. — Estou falando de um passeio de dois amigos, para algum lugar, de preferência distante, isolado, onde se possa descansar e conversar.

— Esquece, Tigre. Esquece.

— A natureza é só um pretexto, Leon. Será que é tão difícil perceber isso?

Moti vai à cozinha e pega uma nova lata de cerveja. Serve Zaguer, num caneco gigante. Ambos ficam sentados diante da televisão desligada, ainda ao som das "Últimas quatro canções", de Strauss.

Moti sempre procurava combater, dentro de si, o espírito paternalista com que tratava o amigo, mas parecia se sentir em dívida com Leon, uma dívida talvez impagável, contraída há muitos anos, proveniente de algum golpe por ele aplicado no amigo na infância, ele imaginava, sem detectar exatamente se era isso mesmo e, muito menos, saber que golpe teria sido esse.

Leon esvazia o copo em poucos goles, disfarça um arroto, levanta-se, anda pela sala, coça os olhos.

— Acho que meu pai não aguenta mais uma semana, rapaz.
— Você está brincando...
— Estou falando sério.
— E aí? É bom ou ruim?

A coincidência é uma descoberta maravilhosa. Esta semana (27 de março a 3 de abril) foi, talvez, a melhor semana que passei em Israel. Conversei muito com o Roberto, um italiano de barba curta, cachimbo, gordinho, sempre de blusa com gola olímpica, e muito engraçado. Foi militante do PCI durante dois anos e do Lotta Continua durante três anos. Mostrou-me documentos distribuídos no exército italiano pelo Centro de Soldados Comunistas de Artegna (filiado ao LC). Um deles falava sobre um soldado que fora atacado por uma doença nos rins, mas morrera por descuido médico e falta de condições apropriadas. Os dois documentos exigiam melhores condições na caserna. Roberto contou-me sobre a liberdade de expressão que há na Itália e me aconselhou, a fim de progredir politicamente, que passasse alguns meses por lá. Aceitei o conselho. No dia 31, fui a Tel-Aviv, pois não havia trabalho na Falcha. Tremendo nas canetas, comprei o ticket para a Grécia (*by surface*). Depois de comprá-lo no Issa de Ben-Yehuda, decidi passar na casa da Janete para pegar meu relógio. Encontrei a Norma, que me deu uma carta recém-chegada para mim. Escreviam, no mesmo envelope, Débora, Zé Roberto, Irma e Maria Antônia. Só faltou beijar a Norma (embora soubesse que ela não gostaria muito da efusão; é só lembrar de quando dormi com ela). A carta chegava na hora exata, no momento em que esperá-la seria esquecê-la. Vibrei. Voltei para o kibutz muito alegre (lendo o J.-P. S. no ônibus; livro sobre Cuba). Chegando ao kibutz, percebi três cartas sobre a minha cama e, confesso, tinha certeza de que iria encontrá-las, pois já era tempo! Eram uma do meu pai, uma da minha mãe e uma (de seis páginas amarelas) da Débora. Creio que ela escreveu com muita rapidez e sem deixar espaço a dúvida, vai que não fosse aquilo que estava sentindo no momento de escrever. Adorei a carta durante um bom tempo. À noite telefonei à Débora pedindo que me escrevesse. É como se eu ainda estivesse escutando a voz no aparelho: "não esquece de mim"; "hei, moço"; "ah, seu puto...". Disse-lhe que vou à Grécia no dia 10, e vou mesmo! Gosto de falar ao telefone com ela porque sei que isso é importante; ter recebido a carta foi fundamental; saber como está lá e o que pensa sobre mim. Parece que eu estava equivocado, paranoico, quando pensava que a minha ausência não iria causar problemas ou não seria nada mais do que uma novidade para a Débora. Não, ela se mostra mais próxima, "afinando a arte de gostar do Lêle (só ela, eu juro, me chama assim!)". Muito bem. Faço o mesmo por aqui, embora não consiga imaginar como seria nos vermos novamente. A disposição para aproveitar o que está ao nosso lado, a força de vontade para utilizar um inglês imperfeito, na tentativa de ser claro para se abrir ao conhecimento, estar bem próximo de gente estranha, tudo isso não depende só de mim. Teremos algum futuro? Acho que sim. Depois que li as cartas, quedei-me mais tranquilo, na certeza de que estou fazendo algo realmente lucrativo e recebendo apoio do pessoal de São Paulo. Isso me permite pesquisar mais por aqui. Permite não ficar, apenas, na tentativa de adivinhação do que ocorre lá e do que pode acontecer aqui. Me dá chance de falar mais. Escrevi, em seguida, uma carta ao Cintra e, com cuidado, procurei expor algo sobre nossa relação (estranha e ainda desregrada). É importante manter ligação com ele. Além disso, posso prosseguir com conversas de aprendizagem (e não posso esquecer obviamente a questão do emprego; deve ter gente nova no arquivo, aquilo deve ter crescido muito). Queria escrever claramente, o porquê de não ter feito as pesquisas que ele pediu. Farei isso aqui, mas não agora. Estou fatigado, amanhã continuo.

Sexta-feira. Terminei meu trabalho às 10:30 da manhã; pouca coisa. Na volta para o quarto, entre ele e o banho, deparei com uma nova voluntária:

Linda. Não era muito bonita de corpo (um tanto gordinha e com os peitos, um tanto caidões, muito exagerados na ocupação de espaço). O rosto e os olhos são de cinema. O boy aqui estava a perigo e decidiu investigar. Convidou a inglesa para dar um passeio e fomos até o começo da estrada de terra que conduz aos campos. Por fim, o sol forte nos fez deitar um pouco, e bastaram alguns minutos para que eu começasse a matar certas saudades e engomar um pouco as calças. Que bom que a menina era experiente! Folgamos mais de meia hora sem parar. À noite, discoteca, dança; Shlomo, meu companheiro de quarto, fora passar dois dias com a menina dele em Degânia. Resultado: apertei-me na cama estreita com a inglesinha e gozamos até a manhã seguinte. Lembro-me bem da perfeição de um sessenta e nove que prolongamos não sei quanto tempo. O galho é que ela é muito inexperiente no que se refere ao relacionamento com as pessoas (não me refiro ao sexual). É muito bobinha, e grudou. Grudou, e fui obrigado, no sábado e no domingo, a dar explicações-lições. Foi bom para ela porque ouviu muita coisa nova e eu fiz questão, como sempre faço, de ser o mais claro e objetivo possível... e, tudo isso, em inglês! Agora, estamos bem. No sábado, após o Seder de Pessach, que foi muito bonito, com quase mil pessoas no refeitório e música e dança e teatro, iniciamos, os voluntários e alguns kibutzniks, a limpeza e a normalização do Cheder Haochel (refeitório). Acontece que trabalhávamos e bebíamos simultaneamente, com uma alegria e uma rapidez impressionantes. Fazia-se guerra de água, limpava-se o caldeirão de restos da janta, injetava-se vinho na garganta. Daí, claro, todo mundo bêbado, segurando-se nas vassouras para não cair e fazendo do próprio peso a força para limpar o chão com as ditas-cujas. As mãos sujas e o cabelo ensopado por uns banhos de água e vinho, o menino aqui tombou entre umas árvores, no instante em que, provocado pela necessidade de urinar, improvisou uma pausa. Depois disso, rumei para o quarto, pois não aguentava mais trabalhar... e não fui o único. Ocorre que o meu porre foi exagerado. Tive que ser socorrido e levado para a cama da Cristina, que era a mais próxima, onde vomitei bastante e onde pude escutar as vozes de Gerard, Norbert, Annye, Cristina, Mendel, Roberto e não sei mais quem, em conjunto, procurando me incentivar. Levaram-me para a minha cama e dormi pesado. Prestando assistência e visitando-me regularmente durante a noite, eles continuavam a festa lá fora. Acordei bem, no entanto. Ontem fui trabalhar na fábrica de vassouras... É um estabelecimento pequeno (cerca de 1000 metros quadrados) invadido por máquinas europeias e não mais do que vinte e cinco pessoas. Meu serviço: pintar de preto a face do pé da vassoura, onde são colocados os pelos. Isso se faz para provocar a impressão de que existem mais pelos do que o real. Ajudei a enganar. Pintava e dispunha, cuidadosa e regularmente, os pequenos retângulos de madeira num armário aberto (sem portas, nem paredes, apenas a armação) de um metro e noventa de altura com nove prateleiras. Em seis horas de trabalho produzi mais de seiscentas unidades. Isso é que é trabalhar a cem por hora! Comigo laboriou um assalariado. Foi quem me instruiu no que e como fazer. Preenchidas as nove prateleiras, comecei a dispor os retângulos, que tinham uns vinte e três centímetros de comprimento por oito de largura e uma espessura variável de cinco centímetros no máximo, um sobre o outro. Assim, uma face "branca" (não pintada) se chapava com outra já pintada (que estava sob outra ainda). O cara, vendo isso, apressou-se a encaixotar tudo (como eu teria de fazer depois) enquanto me explicava que não se podia deixar uma face negra encostar em outra não pintada, porque nunca se sabe exatamente o momento em que a tinta está seca. Pensei, brincando: preto e branco não pode mesmo dar certo! Enquanto isso, ele encaixotava tudo com uma rapidez provocada pelo medo e acrescentava em hebraico: "... vamos, me ajude a guardar isso tudo logo, rápido, para o chefe não ver, porque senão ele manda fazer tudo de novo...". Adorei a cumplicidade. Senti o quanto aquelas tarefas eram alienadas do que ele e eu éramos. Voltavam-me à cabeça os textos que tinha lido a respeito disso. Continuei o trabalho. À tarde, enquanto escutava a opinião do Roberto sobre os países da Sul-América e os países do Oriente, um homem trouxe-me o recado de que dali a uma hora e meia iriam telefonar do Brasil para mim. Empalideci e tremi nas pernas. Não sabia o que podia ser. Mandara cartas, tudo estava normal, recebera cartas de que tinha gostado. Não havia motivo. Durante hora e meia imaginei coisas, inventei, fiquei também com o cu na mão! Só pode ser de casa, pensava. Rodeei o refeitório, onde fica o aparelho de telefone, como se fosse o seu guardião. Perscrutei todos os cantos da minha imaginação. Eu quase adivinhara: era minha mãe, repetindo para mim um prazo estipulado por eles, e pela universidade, para a minha volta, e demonstrando aborrecimento por eu ter ligado para a Débora e não para eles. A voz vinha de longe e eu quase não a escutava. Soava desesperada, e isso me incomodava. Mas minha mãe queria muito me ver. Ela e toda a família. Não gosto de falar ao telefone por causa disso: inevitavelmente provocam-se discussões que, sabe-se, não serão encerradas, ali, na hora, e sim, depois que se desliga o aparelho, na cabeça de cada um. Essas questões acabam voltando à tona, na fala seguinte, pois a conclusão é individual e separadamente arranjada. Bom receber notícias de casa e saber que está tudo bem, mas não suporto o tom imperativo: "Você já sabe do prazo, né? Lá para o fim de maio, começo de junho." E a gente não podendo continuar essa conversa. Na incerteza do que farei, sustentei o prazo. O problema, vejo agora, é que ainda não consegui fazer da nossa relação, não uma relação de pai-filho, mas uma de igual para igual. E é isso que tenho de fazer. Rumo para isso? Acho que com meu pai talvez seja mais fácil. Com ele tenho alguma afinidade até ideológica, acho. Sei que ele confia em mim. Talvez ele até aposte demais em mim – e aí pode ser complicado. A conta, no futuro, poderá ser pesada para nós dois... Quer dizer, acho que ele me entende, deve fazer uma aposta, apesar de sermos, como eu já disse, muito fechados, enrustidos. Não pude deixar de ficar puto da vida com Clóvis-Eugênia-Márcia. Puta que pariu, já faz um mês e o pessoal do arquivo não recebeu nada, caralho! Isso é sacanagem no duro. Vou escrever-lhes dando um esporro e preciso mandar o telefone deles para casa. Essa eu não esperava, bosta! Fiquei muito mal depois de desligar. As coisas não estão bem. Isso porque ainda não falei com meu pai, o fechadão. Em casa pensam que volto em maio-junho, chateados por "falta de consideração"; no arquivo não receberam picas (isso me deixa putíssimo!). A única coisa que me conforta é estar bem com a Débora. Mas não quero deixar que as coisas fiquem assim em casa. Dá para arrumar isso. Não tenho a mínima intenção de deixá-los chateados, sem informações. O tom imperativo da voz da minha mãe não me agradou. Porém, ao mesmo tempo, a voz era de quem fala com uma tremedeira dentro dos olhos e aperta com a mão suada o aparelho telefônico. Será que estava com meu pai ao lado? Devia ter perguntado... Ultimamente, rodeada de altos e baixos, minha cabeça parece um aeroporto que funciona o dia todo e está sempre... recebendo coisas novas (muitas), embora haja as permanentes também. Coisas que aterrissam com certa violência, sem a suavidade de um Boeing bem pilotado. Confesso que é muita coisa para a minha cabeça e que preciso treinar mais para poder aguentar. Nada mais óbvio do que eu estar sabendo que para os meus pais a coisa também não é nada fácil. Dona Flora e doutor Adolpho... Nada fácil. Tudo isso sem contar a grande decisão que eu sei que ainda está por vir, certo? Ou seja: será que volto mesmo? Será que tenho coragem de ficar de vez, aqui ou em qualquer outro lugar que não seja São Paulo? Vou escrever uma carta para os meus avós contando algo sobre Jerusalém e dizendo que me deu vontade de escrever para eles.

A placa com o nome Adolpho Zaguer que havia antes na foto da exposição sobre a história do hospital, mais provavelmente uma réplica adaptada dela, deverá dentro de um ano ser transportada, instalada, em dimensões bem menores, na lápide do cemitério judaico do Butantã. E a tarefa caberá a ele.

Zaguer não se tinha dado conta da deterioração, física e financeira, do pai – ou negava-se a admiti-la, na verdade. Mas por que, mesmo assim, por que não chorara no enterro o quanto imaginava, desde sempre, que choraria com aquela presumível perda? Talvez por estar ausente de si mesmo, talvez por não estar à altura de um luto real e profundo, imaginava. Luto real é coisa para gente real, ele sabia.

Apesar da vida social agitada que o pai mantivera durante pelo menos três décadas, da juventude à meia-idade, pouca gente, além de Leon, tinha comparecido ao enterro de Adolpho. Depois de lançar sobre a madeira do caixão, enfiada na cova, cinco ou seis pás de terra, Leon passou a ferramenta para um primo de segundo grau que não via desde os seis anos de idade; este jogou uma pá, apenas, e, antes mesmo que o punhado de terra assentasse sobre a madeira do caixão, logo passou a ferramenta para um velho de corpo muito curvado que Leon sabia ter sido companheiro de partido do pai nos anos 1950 – e foi tudo. Havia mais uma vintena de pessoas – duas senhoras, que ele não conhecia, chegaram a lançar com as mãos uns punhadinhos de terra – e Zaguer teve de apertar suas mãos ao receber os pêsames, mas sem sentir, de fato, o calor que as palavras ditas almejavam, supostamente, lhe transmitir.

As exceções foram Moti, que lhe disse "agora é tudo com você, não tem mais desculpas" (muito encorajador, pensou Leon, em dúvida sobre os sentimentos do amigo, que não sabia se devia situar mais para o lado da ironia ou do cinismo) e o colega Jessebom, cuja sensaboria o levou apenas a manifestar "minhas condolências".

Como foram as lágrimas de Zaguer no enterro do pai, naquele cemitério do Butantã? Não tinham sido lágrimas, na realidade. Foram soluços, uma sucessão de espasmos, cortes bruscos na respiração. Tudo isso, sentia, surgindo do fundo do corpo, de uma forma nervosa, a seco. O lenço branco permanecera intocado no bolso do paletó. Talvez isso se devesse ao fato de que nem a filha nem a mulher estivessem no enterro. Se estivessem lá, talvez ele fizesse algum esforço para criar as premissas gestuais e anatomofisiológicas indispensáveis para que as pessoas comentassem, consternadas, o sofrimento do filho diante da morte do pai. Por que Frígia e Estela não tinham se esforçado para vir de Buenos Aires? Mas fazia mesmo sentido que o fizessem?

A interrogação, no caso, nada tinha a ver com a morte de Adolpho. Dizia respeito a ele, Leon, e só. Essa certeza, mais uma vez ele degustava, em casa, no dia seguinte ao enterro, gozando o dia de folga que o Oficial lhe dera por conta do luto.

Sinto sede, ele pensou. E foi buscar água na torneira da cozinha (sozinho, não se dera o trabalho de encher o filtro de barro). Sinto frio, ele acrescentou, e pegou um pulôver no guarda-roupa do quarto, onde a metade de Estela estava quase vazia. Estou com medo, completou, pensando, e sentou-se no sofá da sala, onde ficou mais de uma hora diante das duas gravuras de desenho abstrato presas na parede em frente. Só se levantou, nesse período, para pegar uma garrafa de vinho – tinto de mesa – que comprara na noite anterior por sugestão de Moti à saída do enterro do pai. Talvez esse silêncio, raciocinava agora, fosse o seu sinal de luto, homenagem à morte da pessoa que dali em diante ele só poderia ver em fotografias ou em sonhos. Tentava abrigar-se nas palavras reconfortantes que dentro da cabeça vira e mexe zanzavam, como faíscas entre os olhos, desde inúmeros verões anteriores, invernos, ali mesmo, no meio da bola da cabeça, onde a dor, quando ele menos esperava, fazia pirraça, insistindo em se alojar. E quando se alojava mudavam as palavras, agora cheias de caretas e espinhos.

Desde o início ganhara todas as apostas, mesmo aquelas arriscadas com Estela quanto à possibilidade de terem filhos – não, ele jamais poderia ter filhos, ela desafiava, e Zaguer negava, firme, altivo, qualquer fiapo de esterilidade. Mas as vitórias, pensava agora, raramente redundaram em alívio ou méritos. Onde andava, pois, a mulher que o pai dissera no hospital devia estar entediada com a vida que ele, Leon, lhe proporcionava? Naquele exato instante, quando ele, na sala de estar, tentava abrir a garrafa de vinho com um saca-rolha velho, leve e frágil, onde estava Estela? E onde e como vivia, afinal, a filha? Frígia, andrajosa como sempre prometera ser, boneca pálida e deselegante, mesmo tendo sido bem casada (por dois belos e passageiros anos), até onde ele podia saber, com um sujeito miúdo, bem mais baixo do que ela, mas endinheirado, sujeito que Zaguer vira duas vezes ao longo dos dois anos que o casamento durara – numa delas o genro usava bigode, na outra não. Ganhara a aposta com Estela, ganhara de verdade, mas perdera a *convivência* – com ela e com a filha –, e aí fervilhava a derrota de Zaguer. Zaguer e sua amiga, a derrota. A filha fugira dele? Não era endinheirado como o genro a ponto de mantê-la. Ainda assim, como seria a casa dela? Como tinha sido naqueles dois anos e como seria se ela casasse novamente? O que havia e o que haveria nos armários da cozinha? Por que a filha se fora? Coincidência? E por que nunca voltava? Nem para o enterro do avô? O coração, dissera o médico, o coração é forte como uma cratera, Zaguer: cabe tudo dentro dele, mas nada lhe é quantificável. Dizia Moti Ajzen: de quantificável, só os dias em direção à morte; esses dias que ele tinha de contar para si mesmo agora, pois a contagem do pai já se encerrara.

Desistiu de usar o saca-rolha. Onde estava o canivete suíço? Foi ao escritório (um quartinho com uma escrivaninha, uma mesa com uma TV em cima e um sofá de dois lugares), e procurava o instrumento numa gaveta, quando o telefone tocou.

Ninguém ligava para ele. Com exceção de poucos minutos de conversa com Moti e alguns acertos burocráticos com o cartório, o telefone tinha ficado mudo desde que Frígia e Estela viajaram para Buenos Aires. Zaguer correu até a sala – deve ser Frígia, pensou, vai perguntar sobre o enterro, finalmente –, tirou o fone do gancho, e seu rosto imediatamente empalideceu.

A voz, soturna, cavernosa, caricatural (se ele não soubesse que aquilo tinha a força de algo muito ameaçador, provavelmente pensaria tratar-se de algum trote ou algum parente distante transmitindo pêsames com atraso), dizendo apenas "boa-tarde", já não dava margem a dúvidas. Era o representante do proprietário que o ameaçava, mais uma vez, por causa de formulação que lhe fora desfavorável numa escritura. Um caso de dia a dia que ganhara contornos inesperados, tendo de um lado ele, um escrevente exemplar, e do outro um *self made man* rude, grosseiro, nada sutil, um sujeito que tinha todas as características do protótipo de gente que Leon mais temia. O que queriam que fizesse era simples: omitir na redação da escritura o registro da apresentação de algumas certidões negativas, de modo a viabilizar uma transação comercial milionária, a venda de um terreno em última instância evidentemente "bichado" em sua papelada. Nada complexo, nada difícil. Diante da negativa de Zaguer, porém, o truculento *self made man*, em vez de ir atrás de outros profissionais – ou, o que seria melhor, arrumar a papelada –, optou por transformar a cabeça de Zaguer em algo que não parava de tremer.

Saí do kibutz. Estou no Éden Hotel, em Haifa. É sábado de manhã. E amanhã à noite vou para a Grécia. Eu me sinto como se estivesse mergulhando num mar de piranhas. Porque este mar, além das piranhas, tem tudo de belo que tem qualquer outro mar. Mas tem as piranhas, e está sendo difícil enfrentar este mar. Na noite passada, passeando pelo centro iluminado e movimentado daqui, com o dono do hotel (um senhor simpático que já esteve em Pelotas e sabe coisas de favelas misturadas com Carnaval), encontrei os dois argentinos que (eu e o Angel) conhecêramos em Jerusalém. São dois jovens (25 e 28 anos), Raul e Marcos, inexperientes em relação a viagens, que fazem um programa de Ulpan e, posteriormente, engajamento num trabalho diário, cada um na sua especialidade. Marcos é economista e Raul é zoólogo. Vivem em Kiryat-Shmona, de onde diariamente (embora com mais constância durante a noite) escutam os bombardeios do sul do Líbano, que, dizem, são ensurdecedores. Marcos trabalhava no Ministério da Economia e Comércio do governo Perón e Campora, no setor de importação, e contou algo sobre as sacanagens do setor público. Com o 24 de março (arrivato Videla!), foi destituído do cargo e quase que se manda para o Brasil. Gostei de tê-los encontrado, passeamos bastante e eu fui gastando minhas últimas liras israelis. Hoje, quando os ônibus recomeçarem o seu serviço (às 5 da tarde), vou ao Shaar-Hamakim, passo a noite e meio dia de amanhã e então pego o Apollonia. A despedida no kibutz foi muito simples, quer dizer, foi quase um dia normal, onde me quedei mais de duas horas tocando violão e as pessoas (Marina, Gerald, Annye, Norbert, Cristhina, Mendel, Roberto) gostando à beça. Roberto pediu-me para escrever-lhe a letra da Internacional em português, mas eu não me lembrava de tudo. Nada mau: deixei um bilhete para ele com o que eu lembrava e explicando o porquê de não lembrar tudo... a falta de costume de cantá-la no Brasil... Quando já estava no ponto de ônibus, ele me trouxe, correndo, e me deu de presente um distintivo, um broche, desses de colocar na lapela, em comemoração aos cem anos do nascimento do

Lenine. É vermelhinho brilhante e dourado, com o rosto do líder estampado. Eu tinha ido com o Roberto na quinta feira a Tel-Aviv buscar meu ticket para o Pireu e realizar o pagamento dele (anualidade para validade do passaporte) no consulado italiano. Caminhamos pela praia, em frente ao Plaza (rico) Hotel, conversamos. Roberto sempre faz questão de expor as ideias que tem sobre a América Latina e, em particular, o Brasil. Pensa na educação política, através de textos-jornais-folhetins-livros publicados clandestinamente, para se conseguir apoio e base. Cita "Che" e fala, com ênfase, nas guerrilhas (não urbanas, porque estas ele acha impossíveis). Escuto, discuto e leio muita coisa. Apoio e base, o principal. Nos últimos dias de kibutz, recebi cartas (muitas), inclusive as da Débora, para o velho endereço (Léo me mandou de lá). A filha da puta capta mesmo as coisas. Eu sabia que as cartas dela eram importantes. As opiniões colocadas de uma maneira clara entremeadas por jogos estéticos (sic!!!). Guardo-as e registro-as na cabeça. Hoje pensei uma coisa nova: mandar este diário, aos poucos, para ela. Talvez seja muito interessante, não sei. Quero acabar de escrever, para depois amadurecer a ideia. Não me agrada o tom judaico que meus pais colocam nas cartas deles, embora goste de recebê-las. No caso do meu pai, então, fica até mesmo esquisito; não bate com os "princípios" dele, esquerdistas. Na verdade, sabê-los satisfeitos e sem anormalidades (salvo a questão do prazo e da faculdade, sobre os quais ainda preciso esclarecê-los) é muito bom. Receber uma foto da Rebeca foi surpresa. Ela parece muito melhor, deve viver bem lá em Curitiba e escreve com objetividade, a prima que, acredite se quiser, eu nunca vi. Gozado: agora dei uma olhada no primeiro escrito que fiz neste diário (dia 10/3) e eu dizia que... "ainda tenho, creio, um mês por aqui". Porra, amanhã é 10/4 e parto para a Grécia. Parece que não estou tão mal de previsões. Preciso explorar esse dom. Gostei disso. Significa alguma coisa e me alivia do peso medroso que sempre lateja de estar desperdiçando meus talentos. Mentira que sempre lateja, mas de vez em quando. É inevitável ficar muito tempo sem fazer um balanço do que estou captando. Acabou de entrar aqui no quarto (dormitório coletivo) do hotel um israelense que veio falando inglês comigo. Fica um jogo de ele não saber que eu falo hebraico. A primeira coisa que me disse agora: ... *ah, it's not bad!* Sinto-me um pouco melhor, menos teso ou tenso. Carrego uma mochila pela qual paguei 145 liras, uma sacola de couro e uma bolsa preta de couro (menor). Vou sair por Haifa.

– Não se mexa! Isso. Vire o pé para a esquerda, reto, um pouquinho mais, não se mexa. Assim, reto! Assim... Parabéns!

Pelas linhas fininhas e brancas no lado interno do pulso dela, na mão esquerda. Foi por esse detalhe que Leon quis conhecer Estela. Estava no laboratório de análises clínicas fazendo raio X, depois de um inchaço no tornozelo tornar impossível o uso de qualquer calçado. Ela era a técnica de radiologia, que o virava de um lado para o outro. Atraiu todos os seus sentidos de imediato, muito jovem, um sorriso largo e limpo, demasiadamente branco, os olhos verdes. Pequeninos, duros, frios, de um verde translúcido, que o encaravam disfarçadamente, sem se entregarem, olhos que parecem nunca denotar aquilo que enxergam quando olham para você. Nada a ver com Débora e suas sardas – que tinham ficado para trás, com sua transparência radical, no último vestígio da adolescência. Tinha um traço de autoritarismo treinado, dilapidado na orientação aos pacientes, que o agradou.

– Não se mexa – dizia ela pela quarta vez, incisiva. – Reto! Reto! Assim...

Notou as linhas brancas fininhas por baixo da manga da camisa branca quando ela ergueu o braço para lhe fazer um sinal. Não entendera se eram marcas de alguma pulseira ou se eram cicatrizes. Intrigantes cicatrizes mais provavelmente. Cicatrizes fininhas, fios brancos.

Voltou outras vezes, e ia como alguém que voltasse a um restaurante para conhecer melhor a garçonete. Embora não parecesse, Estela, soube depois, era cinco anos mais velha do que ele. A amizade com Moti foi providencial. Este lhe prescreveu exames de raio X seguidamente durante dois meses; inventou motivos e suspeitas até Zaguer sentir intimidade o bastante para perguntar a que horas ela saía do laboratório.

Adolpho e a mãe nunca admitiram o casamento, realizado apenas no civil, apesar da insistência de Estela para que tentassem bolar também algum tipo ecumênico de cerimônia religiosa. Casar com uma técnica de raio X, e ainda por cima *gói*, metida a acreditar em chacras e cinco anos mais velha – tudo isso constituía um somatório de desqualificações suficiente para que nem mesmo uma fagulha de entusiasmo surgisse, por parte dos pais, quanto à opção de Leon. O filho, porém, ainda moço, guardava intacto o seu arsenal de enfrentamento, a disposição para realizar o que achava serem os seus *sonhos*. Estela fazia parte do mundo, sentia Leon, diferentemente dele, que se relacionava com as outras pessoas e com os objetos, com o sal ou com um sapato, como se fosse exterior ao mundo e a si próprio.

Estela não sabia conversar sem tocar em alguma parte do corpo de seu interlocutor. Pegava na perna, no ombro. De certa forma, assim, criava mais intimidade, deixava o interlocutor mais confortável se o assunto da conversa fosse muito delicado. Era dada a extravagâncias, como ter pendurado faixas no caminho de Zaguer para o trabalho, em certa ocasião, para lhe pedir perdão. "Zaguer, me perdoa, te amo. E." Ou bilhetes grudados no espelho, do tipo: "O que me impede neste momento de te amar não são os meus segredos para com você. São os segredos meus ainda desconhecidos. Thank you pela compreensão e amor!" Impusera o uso de aliança. A aliança dá a sensação de estar mais próximo, argumentara. Irresistível para Leon e sua mente pacata.

Agora, porém, passadas duas décadas, já nada os aproximava. Ao contrário do que fizera inconscientemente com sua simples presença durante quase quinze anos, Frígia, a filha, casada aos dezoito, separada dois anos depois, envolta no que Leon considerava uma confusão mental, fisiológica e existencial irremediável, não mais cumpria o papel de elo entre eles. Sexualmente, nada. Intimidade? Apenas daquele tipo referente às coisas menos importantes. Cumplicidade? Idem. Socialmente os interesses se desencontravam. Culturalmente, zero, ele se dizia. Amigos em comum eram cada vez mais raros – isto, para não dizer que simplesmente inexistiam. O que os mantinha juntos, então, se a filha, outro motivo possível, àquela altura já nem morava mais com eles?

Nunca a vira pedir desculpas, nem que fosse por um pisão no pé. Ao contrário, colecionara patadas pesadas. Orgulho? Fora pisada, ela própria, durante a infância inteira e agora, de alguma forma, se vingava nele? Nisso, aliás, Leon via Estela como uma especialista imbatível: uma capacidade impressionante de agredir em milésimos de segundo. Patadas bombásticas e ardidas, ciclicamente. Alternava períodos de calmaria com patadas esmagadoras, acachapantes. E Zaguer acusava cada vez mais os golpes.

Estela era dada, também, a explanações intermináveis, taticamente perfeitas para acabrunhar o marido, sempre predisposto a ser acabrunhado.

"Vou ter de comprar um agasalho", disse ela numa tarde de sábado, em que ele estava certo de que iriam ao cinema conforme o combinado durante o café da manhã, "porque o ingresso para assistir à palestra sobre os chacras é um agasalho velho, e eu não tenho nenhum agasalho velho. Vou ter de comprar alguma coisa num brechó. Perto daqui existem muitos brechós – a maioria é de gosto duvidoso, mas são muito baratos. Preciso me informar para saber qual é o melhor. Deve haver um monte deles, em níveis de qualidade muito próximos, mas alguns, certamente, alguns se destacam mais do que outros, como é natural em qualquer mercado, mesmo num mercado, digamos, meio marginal, como é o caso provavelmente desse mercado de brechós, onde tudo é muito informal, você sabe como é, não emitem nota fiscal e certamente mantêm estoques, na maior parte, de consignação. Não imagino que hoje seja diferente, porque, quando pensei em abrir um brechó, anos atrás, fui à cata de informações sobre esse mercado, lembra?, e vi que é um mercado quase totalmente paralelo, você sabe, negro, informal, onde dão recibos, sim, quando você exige, mas sem real validade, quero dizer, sem uma validade fiscal digna desse nome. Não faço aqui um julgamento moral disso, você sabe. Estou pouco me lixando, a informalidade é parte da natureza, acredito, da natureza humana, e as leis estão aí para serem descumpridas. Isso, para dizer a verdade, não me preocupa, porque meu objetivo hoje não é mais pensar em abrir um brechó ou algum estabelecimento desse gênero, você sabe, poderia bolar outro nome, é claro, e lembro que, anos atrás, quando pensei seriamente no assunto, lembra disso?, minha intenção era mesmo dar um nome diferente, criativo, exigência, diga-se, da Marlene, lembra?, será que daria certo como sócia?, isto é, ela que depois de quatro meses de pesquisa acabou desistindo e me convencendo de que aquilo, qualquer que fosse o nome, não era um bom negócio, mas penso só em encontrar um que possa vender um agasalho velho razoavelmente em bom estado, até porque não é do meu feitio, você sabe, mesmo em eventos assim, beneficentes, como essa palestra sobre os chacras, não é do meu feitio, a rigor, em nenhuma hipótese, comprar mercadoria muito chinfrim, mesmo que seja para doar sob a forma de um ingresso para uma palestra, por exemplo, como é o caso de hoje. Porque todas as pessoas, pelo menos eu penso assim, merecem respeito, desde o porteiro ou da recepcionista que neste evento de hoje irão receber os agasalhos até mesmo as pessoas que irão recebê-los depois, as tais beneficiadas. Antes de ir para a palestra, passo num deles..."

Antes das ameaças no cartório e da ida dela e de Frígia para Buenos Aires, Estela estava em plena campanha para convencer Leon a fazer "uma grande festa" nos seus quarenta anos dali a alguns meses. Insistia nisso, mas ele relutava. Relutava por vários motivos, sendo o primeiro deles uma dúvida simples: quem convidar? Quando fez 35 anos, e ela insistiu em fazer uma comemoração no resort do litoral catarinense onde passavam férias, Zaguer cedeu e sentiu-se mais só do que nunca. Quanto mais gente se aglutinava em volta de sua mesa, quanto mais gente o cumprimentava em torno do bufê de saladas ou no de comida quente, quando mais garçons se prontificavam a servi-lo, mais parecia mergulhado num poço, sem voz, de tão intenso que era o eco difuso de tantas vozes dissolvidas ao redor. Apesar da certidão de nascimento, do passaporte e de tantos outros documentos acumulados ao longo do tempo, não conseguia, no espelho, enxergar um homem de quase 40 anos. Nenhum fio branco nos cabelos, poucas rugas. Como fazer uma festa de 40 anos, que é uma festa cujo significado não poderia ser outro se não o do ingresso na fase imediatamente anterior à velhice?

"Ridícula essa coisa de que 40 anos é porta da terceira idade", dizia Estela, "é a flor da idade, Leon. Veja só eu mesma! A vida começa mesmo é aos 40, todo mundo sabe dessa obviedade, querido, você não sabia?"

Aqui balanço com o mar. Estou a bordo do Apollonia. Têm acontecido coisas muito boas comigo. Acho que é porque aprendi a fuçar ainda mais. No sábado, pela tarde ou fim da manhã, fui até o porto de Haifa certificar-me do local de partida do navio. Vi, achei, confirmei, comi um *falafel* e eram as últimas liras israelis. Sentei-me num bar de esquina, vazio de gente, cadeiras e mesas avançando pela calçada, e pedi uma Coca. Junto com ela escrevi uma carta para a Débora contando do meu receio em relação à viagem. Escrevi com muita vontade e solto. Nada longo. Apareceu por lá, quando eu já estava fechando o envelope e a Coca parecia ter evaporado, uma mulher de óculos e cabelos escuros ondulado-despenteados, esboçando alguns sorrisos e brincando com um vira-lata preto que não era dela. Tomou um chá. Passeamos, pagou-me cerveja e almoço (sol quente), rodamos, era um pouco perturbada, ouvimos rádio de pilha numa esquina e muita gente mexia com a mulher, que não hesitava em xingar e repetir a velha ladainha de que todos os homens são iguais. Chegou uma hora que eu não queria mais ficar com ela porque já não conversávamos, não fazíamos nada a não ser ouvir o rádio de pilha, e eu não tinha vontade de continuar por lá. Despedi-me, ela dizendo que eu era louco, que se eu rodasse um pouco mais pelos quarteirões de Haifa ia ficar tão louco (*meshugar*) como todos os outros. Conheço razoavelmente bem esse tipo de marginal, e parti. Andei bastante (mais de um quilômetro) sob o sol rachante e esperei meia hora na rodoviária (*tachanat hamerkazit*) por um ônibus de duas liras até o kibutz Shaar Hamakim. Enquanto esperava, um cara, que também esperava, quebrou um ovo na parede de cimento e riu para mim. Achei logo os meus tios no Shaar Hamakim. Eles, que são muito práticos e decididos, e sem muita lenga-lenga, resolveram me encaixar numa comitiva de sete pessoas do kibutz que iria pela noite, dali a uma hora, para o Ein-Geiv, lá no norte, onde haveria comemoração de 50 anos do movimento kibutsiano de Israel. Era uma festa grande, um teatro para duas mil pessoas lotado, presença de Itzhak Rabin. Meia hora de viagem até lá. Do lado do Haón (o primeiro kibutz onde eu tinha ficado, antes do Ruhama). A presença do primeiro-ministro não era esperada, embora não tenha causado espanto, pois aqui isso não é anormal, ainda mais num período próximo às eleições.

Ouviram-se coros e orquestras, discursos, palmas, ao final ninguém aguentando mais. Programação muito longa (mais de três horas). Chegamos de volta 1:30 da manhã. Acordei às dez horas, providenciei o que precisava para o Apollonia. Minha tia (tem uma cara de Rosa Luxemburgo...) arranjou comida, um tênis menos velho, uma sandália havaiana, costurou algumas coisas para mim. Fomos almoçar e, na volta, conversamos até as quinze para as quatro sobre Israel, os primeiros kibutzim, o idealismo inicial e a ausência dele no momento presente. A esperança ou não de que todo Israel se torne um único kibutz. Os pioneiros, segundo ela, sabiam muito bem que não podiam fazer de Israel um kibutz só ou mesmo povoar a terra toda com kibutzim. Mas, segundo sua ideologia política e necessidades de momento, foi a fórmula encontrada. Então, os movimentos sionistas da Romênia ou Polônia organizavam cursos sobre o trabalho na agricultura para pessoas que nunca tinham feito isso ou que trabalhavam só intelectualmente ou no comércio. Eles queriam fazer tudo com as próprias mãos, por eles mesmos. E os judeus, normalmente, não trabalhavam mesmo no campo. Eram comerciantes, universitários. Ela expôs com clareza que o Israel de hoje não era esperado e que o partido Mapam, do qual ela faz parte, luta pelo socialismo. "Queremos diminuir a diferença que ainda existe", ela me disse. E era estranho ouvir isso de alguém tão mais velho, mais velho do que o meu pai! Foi comigo até a estrada para eu pegar o ônibus. Gosto muito destes meus tios, que vi, na verdade, pela primeira (e talvez seja a única) vez! Quando me despedi dela, senti um frio no estômago. Como se só agora eu estivesse me descolando de tudo, quer dizer, da família. Nunca tinha visto esses tios, mas eles adquiriram esse significado de laço; o último laço. Talvez ainda mais forte pelo fato de que, depois do último abraço, e para minha estranheza, a tia me deu de presente um Sidur antigo, de capa de couro vermelha, em hebraico mas com tradução para o português. Deu-me sem dizer nada, ou melhor, dizendo alguma coisa com os olhos que ainda não captei bem. Já acumulo e sei que vou acumular muitos livros nesta pequena aventura em ares externos, mas este, sem dúvida, não está na lista dos que um dia poderei (ou me verei obrigado a) me desfazer. Não sei se vai ser útil na viagem ou mesmo algum dia, até acho que não, mas fiquei emocionado com o gesto dela. No mínimo, será uma bela recordação! Agora sim, eu começava mesmo a viajar só... Mas, ora, nunca se está realmente só. E isso é importante. Nunca pretendi viajar só. No porto (onde troquei minhas últimas dezenove liras israelis no negro por dez francos franceses), conheci Amanda, uma australiana que ia embarcar no Apollonia até Atenas. Ela é muito bonita, de corpo e de rosto, e inteligente. Viaja há uns nove meses e esteve na Indonésia, Tailândia, Índia, tendo muitas coisas para contar. Combinamos uma conferência. Conseguimos duas cadeiras juntas e viajamos. Haifa ia se afastando como um ponto. E Israel ficava para trás. Fixei o olhar nas mil e duas lâmpadas da cidade (já eram nove horas da noite) e recordei o tempo que fiquei por lá. Conversávamos sobre o kibutz dela, o meu, O Kibutz. Dormimos cedo, de tão cansados. Manhã de hoje levantei às cinco horas. Não tenho dormido muito. Nem quero. Tomei um bom banho e percebi que o navio navegava o tempo todo ligeiramente tombado para a esquerda (no sentido do meu olhar, lógico!). A água do chuveiro não estava com boa pontaria. Mira cega. Ao voltar, notei a ausência do violão de Amanda. Acordei-a, e ela também estranhou. Investiguei outros violões que há por aqui, e nada. Há muitos violões. Dois alemães, que devem ter vinte ou vinte e um anos, tinham uma guitarra e eu desconfiei deles. Pedi para tocar o violão deles; hesitaram, mas emprestaram. Não era. Mas um deles, moreno, magro, de barbicha fina e cabelo ondulado-despenteado, ao saber da falta do violão dela, pôs-se a procurá-lo, dedicada e estranhamente. Eu já decidira (eu e Amanda) comunicar ao capitão do navio sobre o sumiço. Porque, se o barco atracasse em Chipre, antes de o pessoal do navio estar avisado, perdia-se um violão na bela ilha do Mediterrâneo. O "capitão" só abria às oito horas, eram sete e meia e mais quinze minutos e já estávamos com os pés em Timassol. Decidimos prestar atenção na saída dos passageiros. Talvez alguém saísse com um violão, e aí correríamos atrás dele. Nesse instante, aparece o alemão com o bendito na mão, dizendo que estava com um amigo dele que se enganara ao pegar o dela pensando que era o dele! Acreditamos pouco, guardamos o dito-cujo e descemos para Limassol (porto de Chipre, na parte grega da ilha). Carona até o centro. Tudo fechado, exceto bares, pois é Páscoa. Andamos à beira de uma praia muito feia, onde não hesitei em me molhar um pouco, tirei duas fotos que achei interessantes. Um parque com jardim, lago e playground. Rodamos bastante pela cidade. Quase vazia. Aprendemos "muito obrigado" em grego ("efgarishto poli"). Voltamos ao navio no meio da tarde, caminhada longa (duas milhas) até o porto. Troquei vinte dólares por setecentos e trinta e quatro dracmas, dinheiro grego. Agora estou na cadeira e o navio balança bastante, a caneta dança, o barulho da água lá fora parece de um temporal com vento e chuva e Amanda descansa ao meu lado. Estou um pouco enjoado e cansado. Pensei de novo numa coisa em que não quero pensar: volto ou não volto para o Brasil?

Moti atendeu com rapidez ao convite seco e incisivo de Leon para um almoço. Como faziam com muito mais frequência até cinco, seis anos antes, combinaram numa cantina em Moema, atrás do Shopping Ibirapuera, a apenas três quadras de sua casa-consultório. Zaguer já comia o couvert quando Moti chegou, e observou que a lividez no rosto do amigo ultrapassava de longe o razoável.

— O que aconteceu, rapaz? — perguntou, depois de pedir ao garçom o de sempre (vinho da casa, salada verde e um filé de frango com arroz e purê de mandioquinha).

— Não aguento mais a Estela, Tigre. Agora, com ela longe, percebo que o meu casamento se mantém só por conveniência, comodismo, preguiça.

Moti lustra os talheres com o guardanapo.

— É duro dizer isso — continua Zaguer —, mas sabe quais são as minhas maiores distrações? Tomar banho e encaixar os ovos no compartimento lá da geladeira quando volto do supermercado! É isso...

— Você está exagerando, rapaz.

— É estranho, e me sinto mal em dizer, mas essa temporada em Buenos Aires acabou caindo como uma luva, se você quer saber. Não temos mais o que fazer juntos, e acho que isso significa que não tem mais amor na história, entende? É estranho sentir isso, mas é a pura realidade.

— E daí? Você não tem que se sentir culpado sempre por causa disso. Desgostar de uma pessoa não é pecado, Leon. Odiar é meio feio, eu admito, mas também faz parte da vida. É humano, desde que o mundo é mundo, rapaz. É triste e dolorido, mas é necessário. É o que os médicos costumam chamar de uma dor boa. As boas dores, conhece? É saudável. Assim como errar de vez em quando, certo? Assim como optar pela conveniência como fórmula para sobreviver. E o amor acaba, meu velho. Acaba mesmo. Mas também existe um outro lado: você sabia que a árvore de kiwi só dá frutos se estiver plantada com pelo menos mais uma igual a ela do lado? Pensa nisso...

Os pratos chegam à mesa. Os dois se servem em silêncio. Depois de beber um gole de vinho, Zaguer repreende Moti:

– Você e essa mania de filosofar... Nunca te faltam frases.

– Eu digo o que penso. Só isso.

– No começo eu não conseguia entender a Estela, e isso era o que mais me atraía nela, a falta de transparência. O desafio. Lembra da história das linhas brancas no pulso?

– Claro...

– Pois é, começou ali, com aquele suspense que ela fez questão de manter durante anos, mesmo depois de casados. E, no final, não era nada, porra. Umas marquinhas de nascença, nada mais. E eu fantasiando as coisas mais horríveis. Mas isso é só um exemplo, se você quer saber. Cansei, se é que você me entende.

– Você provavelmente se cansou de tudo, Leon. Não só dela. Esse é o problema. Sabe o que me ocorre agora? Pensa naquela tua viagem para Israel, Leon. Pensa um pouco. Lembra bem de tudo aquilo, você me contou tantas coisas... Onde está aquele carinha cheio de histórias, todo movimentado? É nele que você tem que se inspirar agora, percebe? Pega aquele diário que você me contou que escreveu e nunca mostrou para ninguém... Ali deve ter muita coisa, certo?

Zaguer gostava de Moti, mas detestava, quando almoçavam juntos, aquele jeito de falar com a mão na frente da boca, um anteparo quase colado nela, para evitar cusparadas ou a emissão de restos de comida: uma confissão de incontinência fisiológica irritante.

– O diário, o diário... De onde você tirou isso? Desencavou isso de onde, rapaz? E o que aquilo pode significar agora, rapaz? De onde você desenterrou isso? Aquela pessoa tinha dezoito anos e estava deslumbrada com tudo, louca para acreditar em alguma coisa, tinha uma expectativa de vida infinita, entende? Não era eu... Não sou aquilo. Será que vale a pena reencontrar quem você foi mais de vinte anos atrás?

Mais uma vez a vontade, o desejo de hibernar, por muitos anos, de voltar outra pessoa, com tantas pendências resolvidas, com tanta fraqueza solucionada, sem a tristeza dolorida de quem desconfia de tudo. Zaguer pensou em como era hoje a sua casa: tudo sempre arrumado; tudo limpo. Tudo morto.

– Nunca li e provavelmente nunca vou ler o que você escreveu ali, mas acho que só pode fazer bem, Leon. É você. Suponho que seja você inteiro e fresquinho ali. Claro que é você. Você é também aquilo, Leon. Não dá e você nem deve tentar apagar, dividir você mesmo em duas pessoas, antes e depois. Isso não existe.

– Nem eu lembro o que escrevi naquele diário, provavelmente um monte de baboseiras... Incrível... De onde você tirou isso?

– Da minha cachola, oras! Eu não esqueço as coisas importantes.

– Quando se é jovem, Moti, você devia saber disso, os conflitos acontecem muito mais dentro da nossa cabeça do que no teatro dos fatos.

– Uau, gostei, filósofo...

– É sério, eu posso estar muito enganado, mas acho que amadurecer é justamente encarar o palco cheio de conflitos que é a realidade...

– Uau! Onde você leu tudo isso, rapaz? Revista de TV?

– Para de bobagens, Moti.

– Para você, Leon. Que filosofia barata é essa, rapaz? Estou falando da merda do diário porque eu sei o que aquilo significou para você naquele momento.

Abre a cabeça. Já conversamos sobre isso várias vezes. Eu sou eu desde que nasci, ou pelo menos desde que me conheço como gente. Eu não tenho dúvida. E, para mim, aquele moleque e você são exatamente a mesma pessoa. Ou então onde é que ele foi parar? E se foi embora, por que você deixou isso acontecer?

Leon esfrega os olhos. Levanta-se.

– Vou ao banheiro.

Nem no espelho sentiu vontade de olhar. Fez tudo rápido e voltou à mesa, mas não sem ter tido a certeza de que a execução de sua necessidade fisiológica obedecia também a um mandamento racional: pensar melhor no assunto que o levara a chamar Moti para aquele almoço.

Quando volta à mesa, o amigo está acendendo um cigarro.

– Chega, Tigre – diz Leon sentando-se. – Na verdade, não é sobre isso que quero conversar. Esquece. A gente um dia volta para esse assunto. O que me preocupa, agora, são essas ameaças.

– Aquela merda do cartório?

– É isso. Eu me sinto fraco para enfrentar. Sendo muito sincero, às vezes quero tirar férias de tudo, tirar férias do mundo, entende? Na verdade, você sabe o meu defeito: tenho pavor de pessoas como esse cara. É típico: sujeito de poucos estudos, bronco. Essas pessoas deseducadas que falam grosso como quem fuma quinhentos cigarros por dia e bebe duzentas doses de uísque, entende? O jeito de falar...

— O que você tem contra pessoas assim? Muitas delas são vitoriosas, lutaram a vida inteira.

— É outra coisa. Não tenho dúvida que vem da minha infância, quando eu morava lá perto do Largo de Pinheiros. Você chegou a pegar um pouco disso.

— Fala mais, fala... — provocou Ajzen. — Faz bem para você, que fala tão pouco...

— Eu sei de onde isso vem...

— Esse medo?

— Não é bem medo. É mais um temor, geral, entende?

— Não tenho sutileza para entender a diferença.

— Bom, eu ia muito à várzea, tinha quatro belos campos de futebol bem ali onde hoje é o Shopping Eldorado, quem diria, um dos maiores shoppings de São Paulo. Frequentava muito aquilo, ou jogando quando tinha espaço ou assistindo aos jogos, ia ao circo lá também. A prefeitura, ou seja lá quem fosse o proprietário daquilo, alugava o terreno às vezes para a companhia do Orlando Orfei ou outra qualquer. Mas também vi muita briga ali, você entende? E eu mesmo, uma vez, entrei num rolo enorme, vi uns sujeitos que vinham de fora ameaçar um rapaz que tomava conta do vestiário, encostaram o moço na parede, ameaçando com peixeira, com canivete... Tentei interferir, falei para pararem com aquilo que o rapaz era decente. Os olhos dos sujeitos se desviaram para mim, e só isso já foi suficiente. Era pertinho da minha casa, e eu saí correndo, nem gritei, fiquei horrorizado, entrei no meu quarto e me tranquei. Tinha dez anos, no máximo. Tenho pavor dessas coisas. Acho que já contei essa história para você...

— Claro que contou. Não só contou, Leon, como, se você fizer alguma forcinha, vai ver que isso aconteceu um pouco depois, você já tinha uns catorze anos, já me conhecia e eu estava lá, junto com você, sua besta!

— Uau!

— E acho que você exagerou um bocado nessa história. Eu não me lembro de ter visto peixeira, canivete, nada disso. Rapaz, você está precisando tirar um descanso. A morte do seu pai, as duas em Buenos Aires, essas ameaças...

Zaguer enfiou um pedaço de carne na boca. Veio-lhe à mente a imagem do engraxate de largos bigodes que trabalhava no caminho que ele sempre usava para ir ao cartório, no Largo do Arouche. O homem reinava na esquina com a Vieira de Carvalho. Altivez, hombridade, tenacidade, honra, nobreza — substantivos assim sempre lhe ocorriam quando pensava naquele trabalhador capaz de transformar um sapato numa joia que dava medo de usar de tão delicada. Às vezes, quando sentia a pressão muito baixa e a sensação de que iria desmaiar, uma torpeza e um desânimo, quando se sentia assim, Zaguer saía do cartório para dar uma volta pelas imediações e se sentava mais uma vez na cadeira do engraxate, como quem entra numa sauna a vapor, como quem anseia pela massagem a mais tranquila, o relaxamento. Sentava-se, quase desabava naquela cadeira que era então um trono onde ele se afundava, uma bênção, não queria nada para ler, queria fechar os olhos e dormir, dormir como quem desaparece, como quem quer, acima de tudo, justamente, desaparecer. Não queria conversar, parecia sem forças para emitir sons, o pescoço se dobrava, o corpo balançava, no entanto tinha dormido, como sempre, oito horas na noite anterior, menos de quinze minutos antes, ainda no cartório, comera uma cocada branca fresquinha comprada no carrinho da esquina da Duque de Caxias, na hora do almoço, não trazia especial preocupação. De onde provinha, então, aquela moleza? O brilho no sapato, mais uma vez, o despertava. Numa das vezes em que buscava a cadeira, estava o filho do engraxate no lugar do pai. Zaguer sentou-se da mesma forma, sentindo o jovem em perfeita harmonia com o pai. A mesma técnica para engraxar, os mesmos assuntos, a mesma posição ereta, o mesmo garbo. Comparou aquela relação com a que ele próprio tivera com seu pai, e essa comparação lhe resultou desastrosa. Eles – os engraxates – pertenciam um ao outro e juntos pertenciam ao mundo. No extremo oposto dessa altivez, Zaguer não se via nem sequer como interlocutor do pai. Sentia-se um impostor, com a permanente, muito íntima e profunda sensação de não merecer, de usurpar algo, uma identidade, de não fazer jus à sua mera existência, de não fazer jus à foto com o nome de Adolpho no início das obras do hospital Albert Einstein, de não fazer jus ao lugar que ocupava profissionalmente. Sentia-se, além disso, em estado simplório. Homem prático. Tinha de ser um homem prático, objetivo, frio, com a fleuma cartorial de sempre, dominar o terreno e as jogadas, como se diz. Precisava ser assim no trabalho, onde nada deveria denotar o real tumulto interior e os embaraços, a fragilidade das convicções, a ausência de energia e de iniciativa.

– Você precisa comprar um revólver – diz Moti, tirando o amigo de seu devaneio. – Você tem que ser sujeito do teu bem-estar, entende? Acha que as pessoas vieram ao mundo para brincar de roda? Não é para usar o revólver, é só para dar a você mesmo a sensação de segurança e a firmeza de que um dia você poderá usar esse revólver se for preciso, que você vai saber se defender, ou atacar se for o caso.

– Você pirou, Moti.

– Você precisa ter essa noção, Zaguer. A maioria das coisas já foi decidida muito antes de a gente nascer. As pessoas não foram feitas para governar a si mesmas, você não sabe?

– Pois é, justamente por isso...

– Por isso é que buscar esse controle traz pelo menos a sensação de estar vivo. Eu te conheço de muito tempo: no ditado de que quando um não quer dois não brigam você sempre foi o "um". E o que ganhou com isso?

Zaguer hesita. Não quer.

– Vou te apresentar um amigo meu que é policial. Conhecido, para ser mais preciso. Não amigo, amigo... Amigo é você, certo? Bom, conheci o cara nas pescarias. Mas é de confiança e vai ajudar.

– Nem pensar...

– Você precisa sair do círculo vicioso, rapaz. Quanto mais merda a gente come mais esmerdeada fica a nossa merda, se você me entende...

– Muito edificante o seu comentário, principalmente no meio da refeição... Nem pensar.

No carro, de volta para o trabalho, Leon revê mentalmente o retrato em grupo de seus avós com outros parentes, montagem antiga em que quinze cabeças flutuavam num cenário de estúdio cinza. Estava sobre a última prateleira da estante da sala, que tem fundo de madeira, mas caíra na fresta entre o móvel e a parede naquela mesma manhã, quando ele procurou pegá-lo para analisar as feições e compará-las com as poucas pessoas que haviam presenciado o enterro do pai. Para recuperá-lo dali, teria de tirar todos os livros, mover a estante, resgatar a imagem e refazer toda a operação. Valeria a pena? Daquela turma tinha apenas alguma lembrança e um endereço antigo, de Varsóvia. Faltava-lhe ânimo para fazer algo tão simples: pegar uma foto atrás de uma estante.

Quedei-me abobado aqui, em Atenas. Ontem estivemos parados por oito horas em Rodes, uma ilha preparada para o turismo. O porto é maravilhoso, antigo, água da cor de piscina. A praia, muito próxima, cheia de gente, e o tempo oscilava entre sol e chuva. Nadei um pouco na água límpida, tomei sol. Fiz fotos. Corri a cidade o tempo todo. É como uma Guarujá mais sofisticada, mais colorida e montada com esculturas de uma "cidade velha". Bom para os olhos. À noite dormi na parte de cima do navio, onde consegui um sofá e uma toalha de mesa para me cobrir. Bafei um canivete em Rodes; necessito. Os preços não são altos nesta ilha, por incrível que pareça. A verdade é que o dinheiro deles não anda bem (um dólar é igual a trinta e sete dracmas). Desembarcamos pela manhã em Pireu e pegamos um trem de quinze minutos para Atenas. O porto, logo de cara, me fez lembrar o Rio e Salvador. Prédios altos, muitos outdoors, muita gente. Colorido. Atenas, nem se fala. Depois de ter passado dois meses e meio em Israel, Atenas é o néon a cem por hora correndo na direção dos meus olhos. A cidade é muito grande e moderna. O néon é muito bonito, é colorido, é atraente, é ocidental. Faz consumir. Isso o faz, na verdade, muito feio. E Atenas é lotada de engravatados, bares, carros, praças, avenidas, prédios novos e velhas construções.

Hoje é o meu quinto dia em Atenas e estou num quarto com dezesseis pessoas, pagando quarenta dracmas, o que dá pouco mais de um dólar. É barato. Amanda foi para Creta. É incrível o punhado de coisas que já vi por aqui. Logo na primeira noite conheci o(s) quarteirão(ões) onde se concentra a vida noturna de Atenas. É chamado de Plaka. São ruas estreitas cheias de lojas para turistas e não turistas. São lojas pequenas, mas lotadas de bugigangas coloridas. E há trouxa para tudo, comprando até o direito de sentar na praça. É só cobrar e ver se eles não pagam! Nesses quarteirões há dezenas de bares, cabarés, discotecas, restaurantes etc. E tudo fica cheio à noite. Muito próximo há uma praça pequenina onde se reúnem e passam os dias e as noites os hippies de Atenas, os malucos daqui. E toca-se violão na pracinha. Eu mesmo, quando estive lá, dei um showzinho de música brasileira. Quero escrever o que fiz até agora por aqui. Primeiro dia, rodei pela cidade, tentando observar ao máximo; na verdade, rodei pelo centro de Atenas. Mandei um postal para Débora. À noite descobri o Plaka e um bar comunista! Quer dizer, cheio de pôsteres "clássicos" muito bonitos e somente música de caráter político, nacional e internacional. Muito surpreso, quase bobo, eu busquei alguém que falasse inglês, mas nada. Somente um sujeito um tanto quanto indisposto. Cantava-se com entusiasmo, à luz muito mais para clara do que para meia-luz. Muitas cadeiras, como um pequeno auditório, poucas mesas. Jovens somente. A única pessoa que me pareceu ter mais de quarenta anos era o bandolinista do conjunto, que esmerilhava: um bandolim de seis cordas é o instrumento típico da música grega e se parece com o do chorinho. Fiquei cerca de uma hora ouvindo música e depois saí para conhecer o resto. Acabei descobrindo outro bar, mais ou menos com as mesmas características. É que a Grécia vive, atualmente, há dois anos, uma democracia mais parecida com a dos outros países europeus do oeste. Então, tenho visto livros de Lenine, Marx, Engels vendidos até em banca de jornal e Che Guevara sendo vendido em banca de camelô. Encontro todo tipo de livro que procuro. Isso me espantou, no começo. É claro, não tenho esse costume de levar um banho de bons livros na cara. Agora já me acostumei. Meu verdadeiro problema é como levar para o Brasil estas coisas. Muitos deles estou lendo por aqui mesmo. No segundo dia, pela manhã, fui a pé até o consulado da Iugoslávia, resolver a questão do visto de entrada. Precisava dar provas para o cara de que eu não ia ficar mais do que três meses no país dele. E isso só é possível com o ticket da passagem. Então, voltei para o centro, na direção da Central Telefônica, para ligar para casa, em São Paulo. Falei com meu pai sem grandes problemas – ele ficou cabreiro quando comentei dos livros que estava encontrando aqui, acho que não queria que eu falasse sobre isso ao telefone... –, com minha mãe e com a Rebeca, que estava de visita lá em casa, acho que por causa do tratamento dela, coitadinha. Francamente, com essa doença, não sei se minha prima tem salvação... Com a Rebeca foi muito bom, porque foi breve e ela me deu incentivo para continuar aproveitando por aqui. Mas os meus pais só falam no prazo de volta, e para mim não está sendo fácil dizer-lhes que pretendo ficar aqui além de junho. Preciso resolver isso. Creio que conseguirei fazê-lo na Itália, dependendo do que pintar por lá. Estive, à tarde, no Museu Arqueológico. No caminho para o museu, conheci um anarquista chamado Panos, que vende livros no portão da Escola Politécnica. Conversamos um pouco, precisava ir ao museu, pois era o dia em que não se paga para visitá-lo. Marcamos um encontro no Peters Pub, um dos inúmeros bares do Plaka. Muito bem. O museu é enorme. A entrada é lotada de enormes colunas realmente gregas (!) e a construção é enorme (tudo é enorme!), com muito mármore, muito mármore mesmo. Pude ver esculturas antigas, joias, colunas de mais de dois mil anos e tudo o que se pode imaginar num museu com esse nome. São, creio, mais de quinhentos metros em linha reta, cada sala contando com cerca de noventa metros quadrados. Mais de vinte salas. Não pude formar uma impressão precisa em relação aos anarquistas no primeiro contato, mas encontrar Panos à noite, no bar, bastou para perceber a merda que são esses grupos. São cerca de vinte grupos, cada qual congregando pouco mais de vinte pessoas. Trata-se de um pessoal "maluco" tentando achar uma linha política. Resposta do Panos quando perguntei a qual dos grupos ele pertencia: "A nenhum deles, eu gosto de ser livre!" Segredou-me a construção de bombas e roubos a bancos. Disse: "Nós temos duas polícias aqui: a dos fascistas e a dos comunistas, além da oficial, do governo, é claro!" O bar onde estávamos tinha boa música (rock). Fiquei por lá um pouco mais e fui para outro bar onde conheci George, um francês que dá aulas de inglês, francês e espanhol. Marcamos um encontro para a noite seguinte (sexta-feira) no mesmo local. No terceiro dia, pela manhã, voltei ao consulado da Iugoslávia, depois de ter comprado, por quarenta dólares, o ticket para Veneza, num ônibus que sai no dia 23. Paguei trinta dracmas pelo visto e, na volta, passei pelo correio central para ver se havia algo para mim na Posta-restante. Nada. No caminho conversei com um jovem, estudante, que estava vendendo um tabloide com a foice e o martelo caprichosamente colocados na primeira página. Tratava-se do jornal do KNE, organização estudantil pertencente ao Partido Comunista da Grécia. Conversamos bastante, eu empenhado em dar provas de que não era fascista ou coisa parecida. A prudência dele, antes de revelar qualquer coisa a não ser alguns nomes e números, fez com que me levasse à sede do jornal do partido, onde pude conversar durante mais de duas horas com um redator que, por sinal, estava preparando uma matéria sobre o Brasil. Ele me crivou de perguntas! Sobre o Brasil, sobre o mundo. Foi muito bom. Fazia perguntas atrás de perguntas, testando-me constantemente. Depois de muito tempo, disse-me que só poderia me ajudar se eu prestasse informações sobre o Brasil, escrevendo algo, auxiliando-o no artigo. Nada mais lógico. Como não pertencia a nenhuma organização, ele não poderia me falar muito mais. Eram já nove horas da noite e ele precisava acabar, "fechar a matéria", sábado na hora do almoço. Comprometi-me a escrever o que pudesse durante a noite e pedaço da manhã. No caminho para o hotel fiquei pensando no significado daquilo tudo. Estaria colaborando com um partido grego. Nada mau. Foi o que fiz. Escrevi umas dezoito páginas sobre os recentes acontecimentos do Brasil (digo, quando eu ainda estava lá), sobre a situação política. Foi bom para mim também. Usei bastante o livro do Miguel Arraes, na versão em inglês. Na manhã seguinte, levei o material para ele. Como supunha, e como ele me havia advertido, não o encontrei e deixei tudo com um outro redator, conforme havíamos combinado. Este, por sua vez, acompanhado de uma mulher com jeito de secretária, começou a me perguntar sobre a comemoração do Primeiro de Maio em meu país. Pronto! Eu mesmo nunca me havia perguntado... nada pude lhe informar. Perguntou-me sobre publicações clandestinas dentro e fora do país. O que tinha a dizer? Publicações do PCzão, estudantis, alguns folhetins. Só isso. É que eu, realmente, não sei. Ele usava uns óculos pesados de armação preta, e era quase careca, tinha cabelo liso dos lados, pele morena, nariz grande, e perto dele eu me sentia pequeno! É claro que não podia dar informações que não tenho. Saí de lá pensando sobre o que ele perguntara e o tamanho de minha ignorância. Quando, no hotel, tentava alguma forma de mandar uma carta para a Rebeca, chegou a Christina do kibutz, com uma amiga dela, a Cecília, para quem eu havia enviado um cartão no American Express. Foi uma surpresa. Logo de cara fiquei sabendo que a Cecília estava num hotel pagando quarenta dracmas, e não sessenta dracmas como eu pagava. Arrumei minhas coisas e viemos para cá (onde agora estou). Ficamos passeando à tarde pela cidade até às quatro horas, quando elas tiveram que pegar o ônibus para ir até a casa onde a Christina dorme. Foi bom passar o tempo com elas. Christina é uma loirinha magra, cabelo comprido tipo Gal Costa, algumas sardas no rosto e um sorriso muito malandro. É da Suécia. Estava no kibutz comigo, onde ficou durante três meses. Repartia o quarto com Annye. Depois disso fiz algo excepcional: comecei a caminhar na direção de umas chaminés de usina que avistava ao longe, para além da linha do trem, afastado de qualquer turista. Fui indo e, no caminho, fui percebendo que chegava aos bairros operários. Era a típica sucessão de pequenas casas geminadas e bares lotados de homens jogando cartas, discutindo, bebendo um pouco. Enquanto passeava, senti que passava por uma transformação. Dei-me conta, de maneira mais decisiva, de que estava em Atenas e que isso era algo espetacular, algo muito raro e que tinha que ser bem aproveitado. Dei-me conta de que essa era a primeira vez que eu passeava num bairro com estas características e procurava falar com os habitantes. Dei-me conta de que não gosto de ficar sozinho, de como sou um animal social e tenho consciência disso. Então, entrei num bar onde só havia homens, todos com rostos e gestos e mãos de operários, de trabalhadores; jogavam cartas, conversavam e riam bastante. Arrisquei a entrada, e foi incrível. Senti-me como se conhecesse todos eles. Incrível. Claro que sabia que era um estranho ali. Todos, ou quase, ouviram quando pedi uma Coca-Cola (oito dracmas).

Fiquei lá acompanhando um jogo de "buraco" (o único que eu conseguia entender). Foi excelente. Se eu falasse a língua deles seria muito melhor. Percebi que nunca tinha feito nada parecido em São Paulo. Porque lá, em São Paulo, os bares e lugares nos quais estive eram frequentados muito mais por marginais do que por trabalhadores. Demorou um pouco para eu, na prática, saber a diferença entre as duas coisas. E aqui podia ver de perto isso e ver como a percepção era nova para mim. Mesmo nas outras cidades onde estive (e são centenas), sempre escolhi mal os lugares aonde ir. Nunca deixei de seguir minhas intenções, de conhecer pessoas de diferente formação econômica, mas errei muito o caminho. Por isso foi excelente ter andado por Petralona, ter falado com muita gente do lugar. No caminho, repensava, também, naquilo sobre o que Débora me advertira numa de suas cartas: "perde o vício...". "Perde o vício", Zaguer, ela dizia. "Perde o vício"... Repensei que, quando me via sozinho, começava a entrar em mil círculos viciosos dentro da minha cabeça, indo e voltando nos mesmos raciocínios. E não tem que ser assim: em primeiro lugar, não é bom ficar muito tempo sozinho (é uma questão óbvia de atrofiamento); em segundo, é necessário perder o vício ("perde o vício, Leon Zaguer!!"), não perder o tempo, e sacar que estou em Atenas, na Grécia, que ainda vou a outros países, que estou viajando e tenho visto mil coisas novas e quero sobre elas contar. Dei-me conta de que arriscara o nome da Rebeca na carta que mandei... mas mandara. É preciso arriscar um pouco. Muita coisa não pode acontecer, tenho certeza. No máximo advertências. Telefonarei para saber se a prima recebeu a carta. Bem, este passeio pelos bairros mais afastados foi assim, espetacular! Tenho que fazer a mesma coisa em São Paulo. É uma falha fundamental não ter feito isso ainda. Na volta, passei pela praça Omonia, o lugar mais movimentado. É o centro propriamente dito. E na praça há uma estação subterrânea de trem onde há serviço de correio, lojas, bares etc. E estava lotado de gente, com vários grupos discutindo política. Soube que esse era o assunto porque perguntei a um cara, jovem, de cara limpa e mãos sujas de trabalho. E também porque consegui entender algumas palavras que são universais: "capitalismo, socialismo etc". Fiquei um bom tempo vendo aquilo e parecia uma discussão sadia, onde uns escutavam os outros e se exaltavam. Isso é novo por aqui. Não se pode esquecer a ditadura do Papadoupolus que estava no poder desde 1967. Vou sair agora. Depois escrevo sobre o dia de hoje.

– O doutor Ajzen me disse que o senhor precisa de ajuda... – apresentou-se o homem.

– ...

Alto, cabelos grisalhos, magro, o rosto ossudo com barba de três dias já também grisalha e olhos castanhos, quase pretos, imóveis. Um imbecil, pensou Leon alguns minutos antes, quando Moti começou as apresentações.

– Leon, este é o Marcelo. Um policial tarimbado, que conheço da turma de pescaria. Ele vai ajudar você, tenho certeza. É acusado de falsidade ideológica, uso de documentos falsos, descaminho, contrabando e corrupção ativa, mas é uma flor de pessoa, pode acreditar – disse Moti sorrindo.

Leon, diante da ausência de reação por parte do policial, ficou em dúvida se ele falava a sério ou não.

– É inocente, pode acreditar. Além disso, tem experiência e uma incrível competência. Passou até no último concurso e vai ser professor na Academia de Polícia, não é, Marcelo?

– É isso – respondeu o jovem olhando Leon nos olhos, sorrindo sem mostrar os dentes.

Moti prosseguiu:

– Marcelo, este é o Leon, de quem já lhe falei. Em resumo: um quarentão trabalhador, honesto, solteiro por alguns meses pelo motivo que lhe falei e que faz a gente estar aqui agora, meu amigo de infância e, sobretudo, um grande cagão! Não é, Leon?

– ...

Estavam no restaurante O Gato que Ri, no Largo do Arouche, próximo do trabalho de Zaguer.

— Quando um médico diz que alguém precisa de ajuda a gente tem que confiar – disse Marcelo olhando ora para Moti ora para Leon. — É porque precisa mesmo.

— Já disse que não sou médico – interrompeu Moti. — Sou dentista.

— Dá na mesma – retrucou o policial. — Dá na mesma, claro que é médico. Dentista é médico, porra. Não fez faculdade de medicina?

— Médico, porra nenhuma – insiste Moti. — Deixa de ser burro, Marcelo. Fiz odontologia.

Zaguer intervém:

— Bom, pouco importa...

— Claro que importa – continua Marcelo. — Médico é médico, sendo dentista, ginecologista, o que for, cacete!

— Você não entende dessas coisas, Marcelo...

— Você mesmo já me disse que a verdadeira saúde se mede mesmo é pela boca do sujeito. A língua, você disse, pela língua. Não é assim? A língua é capaz de mostrar tudo que tem dentro da gente.

— Isso é verdade.

— A língua revela tudo. Você sempre diz isso, porra. Ou não?

— Além de tudo ainda atendo esse idiota – brinca Moti, apontando Marcelo e dirigindo-se para Zaguer.

— Por enquanto, enquanto for do convênio da corporação.

Zaguer olha para fora do bar, em direção às árvores do Largo do Arouche. Fixa os olhos ali por alguns segundos e quando retorna tem diante de si as caras vivas, sempre vivas, de Ajzen e do policial Marcelo. Desconfia daquela aparente intimidade entre os dois. Não estariam fazendo uma encenação para ele?

Hábito adquirido em anos de ofício no tabelião, buscava em todas as pessoas com quem conversava, e até mesmo nas conversas entre terceiros que por vício bisbilhotava, buscava sempre detectar nos rostos as segundas intenções, a vontade não dita, os objetivos verdadeiros existentes por trás das palavras emitidas e dos sorrisos trocados. Aquilo que estava mais nos olhos do que nos sons. Desconfie da simpatia ostensiva, do sorriso fácil e de quem nunca diz não – desconfie desse tipo de gente, eis a regra. Desenvolvera também a habilidade de captar a história das pessoas, a vida das pessoas, a partir dos documentos com os quais lidava diariamente. Nas matrículas de imóveis, por exemplo, averiguava procedências, profissões, inconsistências, mudanças, trajetórias. Até mesmo traições conseguia detectar. Nas fotografias, estados de ânimo, alterações estéticas. Essa atenção, com a consequente desconfiança permanente, não era de todo ruim: já o livrara de inúmeras decepções. Mas configurava também, acima de tudo, um obstáculo ao convívio aberto, à franqueza, à palavra solta.

Assim era com o policial Marcelo, para quem Leon, por outro lado, certamente não passava de um rato branco perdido, medroso e inexperiente. Um "cagão".

Naquela mesma manhã, e agora ele não tinha como deixar de lembrar disso, indo para o trabalho, Zaguer presenciara a ação de um policial (militar, não civil) após um suposto assalto na Amaral Gurgel, sob o Minhocão. Um garoto vestido com um cobertor cinza de albergue era espancado pela "autoridade" no meio da rua. Leon não conseguiu perceber se o menino tinha mesmo assaltado, se tinha alguma arma – o mais provável é que tivesse posto o dedo em riste por baixo do cobertor para simular uma faca, um revólver, um canivete e amedrontar a vítima, uma moça em seu Fiat Mille preto, no farol. O policial espancou o garoto até este cair inerte na calçada. Nenhum transeunte ou motorista teve a ousadia de interferir. Nenhum fotógrafo apareceu para flagrar a desmesura.

– Tudo bem – disse Moti. – Sou médico e não me enche o saco! Vamos ao que interessa.

Moti conduzia a conversa de modo a estimular ao menos alguma empatia entre os outros dois integrantes da mesa. E não se deu mal nesse papel de mediador. Aos poucos, Zaguer admitia o *clima de cumplicidade e intimidade* proposto por Moti;

confessou os seus temores, sua fragilidade (ao menos assim ele próprio se via) e chegou a revelar para os dois os detalhes das ameaças que sofria, razão pela qual – e disso Marcelo não sabia – a filha e a mulher tinham viajado para a Argentina. Explicou também que, pelas informações obtidas de um portador de documentos que trabalhava para o cartório, o tal proprietário tinha uma casa na praia de Pernambuco, no Guarujá, onde costumava ir com frequência.

– Ele é que tem de ter medo, não o senhor – disse Marcelo, tentando mostrar-se confiante, para imprimir confiança no outro. – Quem está errado não é ele?

– Não estou com medo... Falei apenas em temor. É diferente. E, por favor, não me chame de senhor, que basta o contínuo do cartório para me encher o saco com esse tratamento.

– Não está com medo? – perguntou Moti. – Então se isso não é medo é o quê? Você está cagando de medo! Te conheço, Leon.

– Vocês querem que eu mate o cara... É isso? – perguntou Marcelo, sem subterfúgios.

– Ninguém está falando em morte aqui – interveio Moti.

– Desculpe, mas eu sou muito direto e gosto de clareza. Às vezes isso é inevitável, não tem alternativa, embora não deva ser motivo de orgulho para ninguém – disse o policial. E, virando-se para Zaguer, perguntou: – O senhor sabia que o lagarto se defende e ataca com o rabo? Não tem controle absoluto sobre o golpe que ele mesmo desfere, mas desfere. Sempre desfere e, com perdão pelo trocadilho, fere!

– Bem, ainda temos muita coisa para conversar – saiu pela tangente Moti. – Não precisamos definir tudo aqui. Hoje é um dia de apresentações, para vocês se conhecerem e a gente ver se dá para ir em frente.

– Só quero deixar claro uma coisa que a minha experiência ensina e é infalível – completou Marcelo: – Melhor um fim com susto do que um susto sem fim!

Pediram café. Ao se despedirem, na calçada, Marcelo fez questão de fixar os olhos por alguns segundos nos olhos de Leon, que, com muito esforço, sustentou a mirada. Apressado, Moti pegou um táxi. Leon, sem energia para continuar um eventual detalhamento de estratégias com Marcelo, alegou atraso, acenou molemente com a mão direita e saiu a passos largos rumo à Rego Freitas.

Assim que dobrou a esquina, já fora da visão do policial, estancou. Não queria voltar para o cartório, ao menos não naquela hora. Precisava raciocinar – e o cartório, ele sabia, é um lugar onde não se raciocina.

Aproximou-se de um orelhão. Pediu que chamassem Jessebom, mas o colega não estava. Chamou então por Silvio, outro colega, extremamente eficiente, porém portador de um defeito insuportável: falar alto demais. Zaguer conseguira com muita delicadeza, certa vez, que o afastassem um pouco, mas o timbre metálico da voz do monstro fazia com que ela reverberasse, vibrasse a centenas de metros. Quando falava ao telefone, a impressão era de que o interlocutor era sempre surdo. Silvio atendeu, aos berros, e Leon explicou-lhe que demoraria um pouco mais no almoço, que ele avisasse o Oficial.

Questão do jogo político ou da falta dele. Bertolt Brecht disse que não é triste o país que não tem heróis, mas sim aquele que precisa de heróis. A Grécia deve ter sido um país muito triste. É o que posso deduzir da visita ao Museu Histórico Nacional que fiz hoje de manhã. Centenas de heróis emoldurados ou esculpidos, dos tempos dos turcos, inclusive. Generais, eclesiásticos, aristocratas... Heróis? A Atenas que vejo hoje não me parece muito triste, embora esteja longe do que é alegre, do que seja a não exploração do homem pelo homem (uau!). Abre-se, hoje, em Atenas, um espaço para a atividade política, ou seja, dá para ver, nas ruas, milhares de cartazes de diferentes facções ideológicas, pode-se sentir e ver a propaganda nas ruas do centro. A discussão política, nos lugares mais movimentados da cidade, é acompanhada com exaltação, vontade e atenção. Espaço político aberto, ou seja, visível, declarado. No Brasil há espaços políticos difíceis de encontrar, secretos, clandestinos; mas é óbvio que eles existem. A diferença entre Atenas e Brasil é a da ditadura para a democracia nos moldes da Europa ocidental. Aqui você pode, abertamente, sem medo, pertencer a uma organização sem utilizar-se de nomes. Depende, portanto, só de como você se entrosa na organização e esta na vida política do país. Essa diferença é fundamental para quem se inicia na participação política. As exigências são outras. Quando você vê organizações, ideias, partidos concorrendo, discutindo em alta voz, você se instrui e, obviamente, tem possibilidade de escolha. Quando você não vê nada disso, vê vazio, medo, dois partidos artificiais enganando a vida política do país, qual é a alternativa? É a busca lenta, é desconfiar e procurar todo o tempo, é pesquisar pessoa por pessoa. É formar pequenos grupos. Tudo isso, muitas vezes, traz agonia. Pois não se tem nunca certeza da porta pela qual se passa. Este é o reflexo da violência militar, da repressão à vida política. Resta a clandestinidade. E um trabalho que é mesmo complicado. Na verdade, o primeiro passo é o mais difícil: descobrir onde estão os grupos, este ou aquele "partido", como entrar neles. E é natural que um jovem não consiga enxergar, a princípio, onde ele vai parar. Não depende só dele, mas das próprias organizações clandestinas que, quanto mais fortes, mais organizadas forem, mais terão meios de buscar pessoas para as suas fileiras, caçando jovens no trabalho, na universidade. Creio que o que se deve fazer é frequentar um ambiente de trabalho, buscar nele o espaço. A universidade parece viciada, sofrer de uma hemorragia interna. Creio que é necessário frequentar certos bairros de São Paulo, digo, certas cidades da Grande São Paulo, como Santo André, São Bernardo, Osasco etc. É necessário procurar com cuidado, utilizar-se de toda oportunidade que aparecer. Nós não temos suficientes dados. Necessário é saber se não se precisa de algo novo. Não podemos esquecer de que pode haver a necessidade de algo novo. Paro por aqui minha especulação. Agora estou sentindo uma vontade enorme de voltar para o Brasil. Estranho. Aqui na Grécia já vi muita coisa interessante e quero ver o que ocorre na Iugoslávia e na Itália. Se achar que devo voltar, volto mesmo. Preciso ver. Posso dizer que já bundei algumas horas por aqui... poucas, mas bundei. Esse pessoal que vive viajando, na real, vive bundando. Levando a vida de viajante, como a levam os que estão dormindo aqui no mesmo quarto que eu, mas eu não aguentaria muito tempo. Repito a necessidade de se fixar em um lugar e, nele, trabalhar. Mas será que é o Brasil?

— Me arrependi de não estar aí, pai — disse Frígia.
— Devia ter pego um avião, mesmo que a mamãe não quisesse ir. Chorei muito, sabia? Mas não tinha o que fazer, não é, pai?

A filha telefonara para Zaguer no cartório, o que o obrigava a ser monossilábico.

— Tudo bem, Fri, não se preocupe. Foi tudo bem, foi tudo bem.

— Tinha muita gente? — a voz vinha de longe, em volume diminuto.

— Umas vinte pessoas... Você sabe, o vovô não gostava de muita badalação. Se estivesse vivo ficaria satisfeito com o enterro que estavam fazendo para ele!

— Era muito sozinho, não era, pai?

Leon hesita, não gostava de ter conversas pessoais no local de trabalho, muita gente ouvindo, a dificuldade para falar.

— A vovó morreu muito cedo, você sabe.

O amargor de Adolpho, o filho sabia, nascera dessa morte raramente comentada. A mãe, do pouco que o pai contara, tinha caído do sexto andar do prédio onde moravam, da varanda, em cuja sacada se apoiara para limpar um vaso de flores. Caíra relativamente jovem ainda, quando Leon terminou a faculdade de Direito e começava a trabalhar no cartório. Mas a queda, o filho sabia, nunca ficara bem explicada. Ninguém falava nisso – muito menos Adolpho, que, do dia para noite, teve o seu olhar transformado em algo turvo e inescrutável, violento. Frígia não tinha nenhuma ideia dessa espécie de mistério familiar, um tabu que Zaguer, por sua vez, fazia questão de manter enterrado, e que certamente enterrara mais uma vez com o pai no cemitério.

– O vovô estava sem saída, filha. Se não fosse agora seria daqui a pouco tempo, os médicos disseram. Fique tranquila. Eu também não pude ir ao enterro da minha mãe.

– Mamãe ficou muito triste também, pai. Ela está mandando um beijo.

– Um beijo para a mamãe também, filha. Aqui vai tudo bem.

Nada comentou sobre as ameaças, e logo Leon alegou o custo da ligação para desligar o telefone.

Zaguer se levanta e vai tomar um café na cantina do cartório. Não sabe exatamente o motivo, mas vem-lhe à cabeça, mais uma vez, a imagem do engraxate do Arouche e seu filho. Será que tinham entre si a mesma distância que existia entre ele e Frígia e aquela harmonia na praça não passava de aparência imposta pelo exercício profissional comum? Se ela não estava no enterro de Adolpho era por culpa dele, Zaguer. Fracassara em tudo, inclusive na tentativa de fazer a filha se relacionar com o avô. Não sou fã nem admirador dela, pensava, sou pai e só. Ela é tão imperfeita, tanto quanto qualquer pessoa. Quanto você. Tem as limitações imensas dela. Você devia estar junto dela. Não abdicar prematuramente do seu papel, como se ela não precisasse mais de você. Mesmo que isso implique conflitos, ele ponderava. Porque os conflitos simplesmente existem, seu merda, condição de vida, parte da vida, fisiologicamente. Não há vida sem conflitos. Não há relacionamento real, verdadeiro, legítimo, sem conflitos, Zaguer, e nisso o Moti tinha toda a razão do mundo. Ninguém deve ser admirador de ninguém. Não é o caminho. Enxergá-la como ser humano em transição, em busca de alguma coisa, a começar por ela mesma. Ela não precisa nem quer um admirador abobalhado. Ela quer, e precisa, de um pai. Numa relação de admirador e admirada não há afetividade, muito menos permanente. Há cegueira. Você não é um mero facilitador. Você deve ensiná-la a batalhar pelas coisas. Você não pode temê-la! E constatar tudo isso não a desmerece. Não implica desprezo, Leon. Nada disso. Ela lá, em Buenos Aires, que ocasião poderia ser melhor para pensar nisso? Ter uma visão real, natural, de amor verdadeiro. Com Estela é diferente, ele raciocinava, ainda na cantina do cartório, o café preto quente no pequeno copo de vidro. Não é nem pode ser carnal, de sangue. Tem de pensar na filha pensando em amor verdadeiro, não platônico. A consequência será, se for, a naturalidade, a espontaneidade da interferência, do monitoramento saudável e útil, do aconselhamento eventual, das conversas mais ou menos tensas; é importante ouvi-la e falar também. Valorizar-se como homem e pai nessa relação. Para isso você precisa se limpar e ter a consciência limpa! Significa cuidar de você, porque cuidar de você fará com que você cuide melhor dela. Caso contrário, você estará abdicando, Leon, abrindo mão do teu papel prematuramente, renunciando, por medo, covardia, ignorância. A partir daí, a separação afetiva, emocional acabará se impondo. Fatalmente. Mais ainda do que já se impôs? Mais ainda, porque isso é possível. É disso que se trata, Leon: da definição de um relacionamento para o resto da vida. E é agora que isso está se definindo. E é para isso que você tem que abrir esses seus olhos secos, petrificados, sem luz nem água. Já. Isso implica valorizá-la de fato, como ser humano, e não idealmente. E valorizar você, Leon. Admiti-la como um ser normal é, de fato, respeitá-la, porque é vê-la de verdade, sem um véu na frente. Vale para todos, aliás. Mas, para você conseguir fazer isso, você precisa estar bem com você mesmo, seu merda. Dar uma chance à virtude!

Quando Frígia se casou, tinha acabado de fazer dezoito anos. Estela fora contra, mas a filha usara a aparente indiferença do pai para fazer sua vontade prevalecer. Recém-saída da puberdade, ao montar seu pequeno apartamento – presente do sogro, pois Zaguer não tinha condições de cumprir a tradição judaica segundo a qual o pai da noiva é quem dá a casa, tradição, de resto, inaplicável neste caso, pois Frígia nem sequer nascera de mãe judia –, a filha vivia um sonho que, ela não imaginava, duraria muito pouco. Já no primeiro dia, à retirada dos homens de azul que tinham trazido os móveis, respirou fundo, cerrou as pálpebras, exausta, e atirou-se, franzina, no sofá. Prestara muita atenção em todos aqueles carregadores suados, o movimentar tosco, a andança pelos dois cômodos, em especial os olhares, a rara troca de palavras. Fixara na mente os três rostos limpos, apenas um cortado pelo bigode espesso. Nenhum, ela refletia, nenhum deles anotara nada. Nem fizeram fotos. Nem desenhos. Tinham feito o combinado, simplesmente, tinham executado o serviço conforme o contratado. E a casa, agora, estava segura; e ela, no sofá, em paz, sozinha.

Enquanto descansava ali, o calor do sol fazia o rosto de Flávio, o marido, dez anos mais velho que ela, se aquecer e logo ficar úmido, salgado, enquanto caminhava na avenida Paulista rumo a uma entrevista de emprego na seguradora cujo anúncio de vagas lhe chamara a atenção no dia anterior.

No mesmo instante, na sala do apartamento, Frígia sentiu fome. Levantou-se, calçou as sandálias de couro e se arrastou até a cozinha. Não havia nada para comer. Ela e Flávio não sabiam, mas o desastre de seu brevíssimo casamento começava ali. Frustração, incompletude, fracasso, Leon sentia tudo isso agora, na cantina do cartório, tudo derivado, ele não tinha certeza mas intuía, de inúmeras culpas, inclusive a de ter abandonado Frígia tão cedo nas mãos do nada.

A moça da cantina lhe trouxe o pratinho com as duas torradas, como todos os dias, sem que ele precisasse pedir. E, como sempre, ele repetiria, internamente, a frase predileta de Frígia na infância:

– Pai, eu amo torrada! I love torrada!

Belgrado. Estou aqui. Quero agora escrever o que ocorreu entre os dias 17 e 23. No 17, logo pela manhã, encontrei-me com a Cecília e com a Christina. Fomos a Pireu e demos um show ao ar livre numa praça ao lado do porto. Cantei as músicas que canto sempre e juntava gente de todo tipo para perguntar de onde eu era, e eu me dizendo venezuelano, chileno – e brasileiro às vezes, quando a cara do ouvinte agradava. Depois disso, uma coisa nova para mim, além de inesperadamente saber que minha voz e o violão agradavam a ponto de exigir aplausos e exclamações favoráveis dos passantes, retornei a Atenas. Puta merda, esqueci do mais importante desse dia:

às 10:30, fui a uma "reunião" de uma organização maoísta estudantil, que comemorava o segundo aniversário da morte de um de seus militantes, atropelado por um automóvel no instante em que fugia de alguns policiais que o cercavam por estar colando cartazes teórica e democraticamente permitidos nos muros do centro da cidade. Obviamente, já na entrada peguei uma guia, quer dizer, uma menina que falava inglês e que me colocava a par do que se dizia. Surpreendeu-me a organização. Foi num teatro alugado. Havia não mais de cem pessoas. No palco, mesa com toalha rubra e escritos dourados, flores, microfone, músicas de conteúdo político tocando até que todos se acomodassem. Todos aparentavam ter (em média) dezenove anos de idade. Silêncio. Primeiro falou uma mulher da organização maior à qual pertence, enquanto braço jovem e estudantil, a primeira que citei. Prestou o apoio necessário e o incentivo. Falou-se em educação, digo, no sistema educacional do país e suas razões e implicações; falou-se sobre o militante atropelado, seus feitos, sua morte; falou-se, ou melhor, leu-se o histórico das atividades da organização durante os últimos dois anos. Todas essas recitações eram cortadas e entremeadas de palmas ou brados acompanhados pelo gesto forte do braço estirado e mão fechada. É evidente que não pude entender o que se falava e a minha guia não tinha nem condições nem tempo para fazer uma tradução aceitável. Mas tudo isso foi muito bom para me fazer lembrar o Woodstock tropical que foram as tentativas de reunião das quais uma vez, e só uma, cheguei a participar. É outra coisa. Não quero me estender nessa questão porque, afinal, foi mais uma comprovação e um exemplo-modelo do que qualquer outra coisa. Quero mais é documentar. Estou aqui, num hotel, pagando dez dólares pelo quarto e café da manhã. Há quinze minutos, eu chorava, mais que fraco, um tanto quanto desesperançado. Tentava chorar, como sempre, em busca das minhas lágrimas preguiçosas, que insistem em não querer conhecer a luz do dia, preferindo o escuro de dentro do meu corpo. É uma sina que, acho, vou carregar para a vida inteira, esses olhos secos. Sozinho não é fácil. Se fosse só a atrofia... mas, não, a sensação é dolorosa. O ônibus que peguei ontem, onde conheci Juan, norte-americano marxista que viaja escolhendo onde se estabelecer, e com quem conversei bastante, cuspiu-me no meio da estrada, na marginália de Belgrado. E eu não sei falar a língua deles. Caminhar, caminhar. É domingo e a cidade não está movimentada. Mas, quando peguei minha mochila no bagageiro e dei um último tchau para o Juan, que me falou *take care and do not forget to go back*, porque havíamos conversado sobre tudo isso de ir ou voltar, senti-me mesmo a poucos quilômetros do outro lado do mundo. E não é fácil; não foi. Mastiguei lágrimas, uma atrás da outra, agora há pouco. Sair não saem, mas como me inundam por dentro, as desgraçadas! Não esperava isso. Não encontrei ninguém que quisesse vir até aqui. Dora, uma mexicana que mora por enquanto na Inglaterra e que conheci, pois dormia no mesmo quarto que eu, quase veio comigo. Ocorre que ela já tinha comprado o ticket para passar três dias em Istambul e não podia desperdiçá-lo... nem eu o meu. Este aqui foi o primeiro hotel que encontrei. E me veio uma sensação muito ruim; sem saber o que fazer num lugar onde ninguém fala uma língua que você possa entender. Inesperadamente, molhei de suor o travesseiro porque sei que outras pessoas deveriam estar aqui comigo, e a Itália me chama cada vez mais como um mito. Quando boto o mapa na minha cabeça, vejo onde estou e, quando saio para a rua, vejo ainda mais.

Que puta descoberta: pagando minha passagem para Sarajevo, depois Ljubjana e Veneza, gasto menos do que indo a Sarajevo e voltando para Belgrado (onde teria que pagar seis dias de hotel!). E, além disso, posso ver mais o interior da Iugoslávia. Nada como a matemática! Às favas os quatro ou cinco dias em Belgrado.

Depois de encher o prato de um modo incomum no bufê do Dinho's Place, novamente no Arouche, Zaguer conta para Moti:

— Tive um sonho essa noite, impressionante: a Estela mergulhava na piscina de uma casa de campo, mas era uma piscina ainda vazia, em construção, metade cimento, metade já com azulejo. Um sonho ruim, claro, nítido. Todos os sonhos ruins são assim, claros, nítidos, diretos.

— Chega dessa coisa de sonhos, Leon — interrompe-o Ajzen. — É importante, mas não é tudo. Você precisa, antes disso, saber o que você quer. Para existir você tem que ter, ou descobrir em você, fazer aflorar em você, um negócio chamado potência, rapaz. O sangue tem que circular, meu caro, de um modo poderoso, potente, duro. Abrir mão disso, da busca dessa potência, é uma armadilha.

— Muito bonito, mas na prática...

— Na prática, você tem que fazer o seu próprio cachorro, entende? Como a criança quando é impetuosa. Ela desenha no papel do jeito dela, do jeito que ela sabe e gosta de fazer. O cachorro sai do jeito dela. E isso é uma realização. É o cachorro dela, só dela e de mais ninguém.

O garçom repõe os copos de cerveja.

— Mas esse sonho foi diferente, Moti. Não dá para não levar a sério. Me deixou até cansado, exausto. Me fez lembrar a perda da Lívia. Não podia ter acontecido. Nem dois meses de vida. E a Estela queria tanto mais uma filha. A própria Frígia, já estava se acostumando.

— Foi uma doença normal, rapaz. Ninguém teve culpa.

— Tenho certeza de que nesse sonho a piscina era para ela, você entende? E eu queria chorar, mas não conseguia, como sempre. Acho que o rosto da Estela no sonho lembrava o da Rebeca, minha prima, aquela que morreu nova, com uns vinte anos, de leucemia.

— Essa criança não existe mais, Leon. Esquece. Foi como um mito. É como se você a sustentasse dentro da cabeça com uma única fibra, e ainda por cima quase diluída.

— Eu queria uma trégua, isso sim.

— Trégua não existe. A trégua, meu caro, está dentro de você. Você tem de criá-la, brigar por ela, como arrancar a garra de dentro, de algum canto, afiá-la.

— Pode parecer babaca o que eu vou dizer, mas é a verdade: a gente passa a vida inteira tentando encontrar ou descobrir as pessoas de bem, não é? Por que é tão difícil?

— Não posso responder nada sobre isso, Leon. Mas, quanto à Estela, eu digo sem medo de errar: você vai ser sempre enrabado por ela, às vezes mais fortemente, às vezes delicadamente, mas sempre, de modo constante. Desculpe, mas é o que eu acho.

— Por que você está dizendo isso?

— Porque ela tem a tal da potência, rapaz, e você se recusa a construir a sua. Por isso ela é feliz, apesar de tudo. Ninguém é feliz indo atrás apenas do que quer fazer, mas sim indo atrás daquilo que lhe faz sentido. Isso é que é liberdade, Leon.

— Já te contei a história da boina do meu pai?

— Não. Mas espera um pouco, vou até o banheiro — disse Moti, deixando a mesa.

Não pretendo sumir, pensava Zaguer, sozinho, mas bem que gostaria, agora, de sumir, congelar esse mergulho, como Estela no seu sonho, ele revia, antes do primeiro toque da testa no cimento frio da piscina, os olhos fechados. Frustração, essa palavra lhe parecia mais presente.

Uma garçonete se aproxima oferecendo maços de cigarro, "cortesia da casa".

— Obrigado, não fumo, mas pode deixar aqui que o meu amigo vai querer.

Moça linda, ele pensou, e lembrou-se de onde conhecia um rosto semelhante àquele, moreno, infantil. Se não era irmã, ou filha, certamente tinha algum parentesco com a servente graciosa que trabalhava no cartório logo que ele foi admitido. Um caso especial, que lhe serviu como lição de anatomia: a moça, que ele conseguira levar para o mesmo hotelzinho da República em que anos depois levaria a secretariazinha de dezenove anos, era um fenômeno de magreza, tão miúda, tão estreita em seus ossos que não havia jeito de ele caber dentro dela, por mais excitados que ambos estivessem. Ele lembra bem o malabarismo que fizeram, lubrificando-se ao máximo, mutuamente, na cama cheirando a mofo. Apesar das limitações anatômicas, lembra, foram momentos que ele hoje – quando se vê frequentemente obrigado, aos quarenta anos de idade, a se masturbar sozinho em casa – considera luxuosos.

Moti volta do banheiro. Zaguer lhe mostra os dois maços de cigarro, a cortesia.

– E aí, o caso da boina...

Leon esvazia o copo de cerveja. Chama o garçom para pedir uma outra e prossegue:

– Bom, durante muito tempo usei uma boina que o meu pai me deu, uma lembrança, a boina que ele tinha usado no serviço militar com a espada, com alguma bota preta. Você lembra?

– Francamente, não.

– Ele tem o pé do tamanho do meu. Mas não a cabeça. A boina sempre me apertou a cabeça demais, deixou marcas na testa, dava dor de cabeça, mas eu não tirava aquela boina. Meu pai me dizia alguma coisa assim: a terra, lá fora, é preta, para dar boa grama, úmida, feito a minha bota. Essa boina já é sua, ele dizia. A bota, não. Pode parecer incrível, Moti, mas o fato de ele nunca ter-me dado a bota me fez sentir, com os anos, que a boina não valia nada, só servia, no fundo, para me apertar a cabeça.

— Eu lembro dessa boina, mas e daí?

— Estou contando isso porque hoje senti uma tontura estranha enquanto dirigia para vir para cá, bem no centro da testa. Essa boina me deixava assim. E essa tontura, para ir para o nosso assunto, tem a ver com o Marcelo, Moti. Estou cansado. Queria que tudo isso se resolvesse logo, rápido. Esse rapaz é mesmo de confiança?

— Fica tranquilo, já te disse mil vezes. Claro que é. Acha que eu iria colocar você numa situação incerta? Mas isso não significa que as coisas possam acontecer sem você. Aí não. A dor é muitas vezes uma coisa positiva, Leon. Tontura, o que for. Você é a peça-chave. Nunca quis ser, mas é, e isso não vai se resolver sem você. Querendo ou não, precisa vencer o medo... Vê se para de depositar a tarefa de realização dos teus sonhos nas mãos de outras pessoas! Eu já disse: quem tem que ter medo é o cara. Ele sim tem culpa no cartório, literalmente!

— Ele está querendo me ferrar. Não tenha dúvida...

— Pois é. Mas é reversível, rapaz. Vê se mata o bebê que existe dentro de você, Leon. Isso acabou. Por que você sempre acha que tem que ceder, que você está errado, que os outros vão inevitavelmente derrotar você? De onde vem isso, Leon? Você está certo, porra. Você está com a razão... Não o cara. Essa máscara, esse rosto. Uma melancolia. Melancolia é uma extravagância dolorida hoje, se você quer saber. Teu problema é a impotência, eu repito: a espera de uma ação que nunca chega. Fica pensando que os outros vão sempre resolver as coisas para você, que vai cair do céu uma solução prontinha sempre que houver algum problema... Que tudo flui naturalmente... Que todas as portas vão sempre se abrir para você. Não acho que teu pai tenha mimado você tanto na infância... Ou foi isso? A vida não é assim, Leon. Você quer ser imortal? Seria insuportável. O que dá vida à pessoa é justamente a possibilidade de ela morrer. Pensa bem. Se não houvesse essa possibilidade, já estaríamos todos mortos, mortos-vivos.

– Você fala sem saber... Não é bem assim...

– A gente tem o direito de querer viver mais, mas buscar a imortalidade é indiretamente uma forma velada de suicídio, pense bem. Sem o risco de morte a vida não teria a menor graça.

– E que risco você corre, Moti? Ser engolido pelos peixinhos que apanha no fim de semana?

– Opa, armando o contra-ataque! E você acha que não corro risco nenhum lidando o dia inteiro com a boca das pessoas? Sabe o que tem dentro da boca da gente? Nem queira imaginar, rapaz.

– Moti, vamos ao que interessa, por favor.

Os dois esvaziam os respectivos copos.

– Bom, é o seguinte: o Marcelo confirmou que o cara tem mesmo casa no Guarujá e frequenta quase todo fim de semana. Só que não é em Pernambuco, é na Enseada.

— Conheço bem...

— Pois é, a gente conhece bem, se você me permite.

— E daí? Ele vai fazer o quê? Ou vocês imaginam que eu vou acabar com o cara?

— Ninguém está falando que você precisa matar o cara... Isso no fundo, pensa bem, seria uma fraqueza sua, de não suportar o enfrentamento, entende? Não é por aí. É só ameaçar. Ele tem que sentir que do outro lado tem alguém que não tem medo dele, que pode fazer ele recuar, entendeu? Não tem um bunda-mole, com medo de cara feia, que treme e se caga inteiro na frente dele. Com gente assim você não pode deixar nenhum espaço, Leon. Tem de agir como eles agem.

Moti chama o garçom e pede a conta. Em seguida, tira de uma sacola uma caixinha verde e a passa para Leon por cima da mesa.

— Guarde no bolso do paletó. Não abra agora.

— O que é isso?

Chega a conta e Moti paga, como de hábito entre os dois, enquanto Zaguer guarda a caixa num bolso do paletó.

— É uma lembrança do Marcelo. Mais tarde a gente se fala.

Levantam-se. Abraçam-se. Despedem-se.

– Me liga à noite – orienta Moti, entrando num táxi à porta do restaurante.

Zaguer faz um sinal de positivo com o polegar. Logo depois, dá meia-volta e entra no Dinho's avançando veloz para o banheiro. No box, a porta bem trancada, abre o pacote e vê o revólver, pequenino. Cabe quase inteiro na palma da mão. Parece de brinquedo, ele pensa.

Encostei a cabeça na janela do trem, com a Itália ganhando o tempo do meu espaço lá fora. Um pouco cansado de andar tanto por Veneza, é gostoso pegar o trem ouvindo italiano, a caminho de Milão. Naquela segunda-feira (18), pela manhã, visitei Peristeri, pequena cidade que vai, aos poucos, sendo colada a Atenas. Cemitério: triângulo cujo portão de entrada está no ponto médio de um dos lados; o cemitério mais colorido (de flores) que já vi. Aquela coroa que dizem ter Jesus carregado na cabeça, de espinhos, cada cruz trazia uma igual, de flores de plástico. Vi um "grupo escolar" na esquina em frente a um cano que vinha do teto e que fez brotar levemente água nos meus calcanhares. Pátio (era hora de recreio) igual um azulejo azul (!!) com leves e móveis manchas brancas. Uniforme azul e aquela piscina de pega-pega, futebol, piques, fofoca, briga... Escola: prédios modernos (três), baixos (dois andares) cercados ou emoldurados por grandes janelas. No pátio retangular, no lugar do quarto prédio, ficava o espaço para o recreio. Rodei Peristeri. Bairro que uma das mulheres da Informação disse que não era um lugar de pobres porque "não há pobres na Grécia", mas sim de trabalhadores. Ela logo me identificou quando perguntei por um bairro pobre!! Bebi água nos bares; cheguei ao extremo, ali onde o mato resiste ao avanço do cimento e galinhas disputam com vira-latas e a molecada brinca (até de bodoque). Sempre aquela coisa de perguntar pelo centro, pelo futebol, pelo ponto de ônibus. E voltei para quase desmaiar e receber duas laranjadas enquanto doava quase um litro de sangue para o Banco. Doava não, vendia. Recebi quatrocentos e cinquenta dracmas, o que são cerca de Cr$ 150,00. Pagava minha comida derradeira. Vou fazer uma pausa, pois me agradam a paisagem e os meus companheiros de viagem.

Zaguer busca na estante um CD de música lírica. Sem ser um expert, gosta do gênero, especialmente de cantoras. Um prazer adquirido, acredita ele, nas noites de sexta-feira da infância, quando o pai, apesar de ex-comunista – apesar disso –, levava-o à sinagoga, e ele ouvia o coro, o cantor, o hazan, o mesmo que lhe dera as aulas preparatórias de bar-mitzvá (sim, porque apesar de comunista e em tese ateu o pai também insistira em que ele cumprisse esse ritual de acesso à maioridade), o órgão, melodias em hebraico, que ele entendia graças à escola, que seguia com o livro encadernado em couro vermelho à mão, e saboreava no calor de seu terninho leve e cinza. Como o pai justificava a ida à sinagoga às sextas? Nunca falava sobre isso, na verdade. Apenas o levava e permanecia ao lado dele, em silêncio. Nem sequer segurava o Sidur. Não rezava. Uma vez, sem que o filho tivesse perguntado, Adolpho viu-se na obrigação de dizer alguma coisa, e Zaguer recorda bem o sentido de suas palavras: é bom vir aqui, filho, a gente se desliga do que está lá fora, pelo menos durante essas horas, pode entrar numa coisa mais íntima, com a gente mesmo, pode olhar para dentro da gente, você pode pensar no que quiser, com você mesmo, eu também, cada pessoa aqui pode fazer isso. Faz bem.

O que dizia o livro que ele carregava na sinagoga? De pouca coisa se lembrava agora. Da estante de CDs, Leon se desloca para a pequena biblioteca e apanha o Sidur, o mesmo que ganhara de presente de uma tia – socialista, como ela se definia, não comunista – durante a visita que lhe fez num kibutz, vinte anos antes, durante viagem a Israel. Ali mesmo, em pé, folheou o livro, que trazia alguns trechos também em português e deparou, no capítulo sobre as orações para o Shabat, com o Salmo de Davi. Em silêncio, leu: "Se tiver que seguir pelo sombrio vale da morte, não recearei nenhum mal, porque Tu estarás comigo; o Teu apoio depois do Teu castigo, será o meu consolo. Diante de mim prepararás uma mesa de delícias na frente dos meus inimigos."

De que servia tudo isso agora? Que lado ou pedaço do cérebro teria condições de absorver palavras como essas? Apesar do esforço em prol da virtude, ainda que a virtude lhe fosse algo tão abstrato quanto o Bem, ou o Mal, havia as constantes recaídas no vício – o vício da inanição. Sensação predominante: jamais conseguiria atender ao chamado para dar uma chance verdadeira à virtude – a virtude de ser inteiro. O desvio sem rumo e sem volta. A certeza de um fracasso vital. A necessidade de adorar algo, alguma divindade, algo fora dele e de qualquer outra pessoa.

"Vamos ajudá-lo a descobrir todo seu potencial na conquista do equilíbrio, do amor, da harmonia e do sucesso", dizia o folheto distribuído por um garoto no Arouche e agora guardado no bolso da calça. "Faça uma consulta. Você poderá encontrar melhores caminhos para o seu futuro, descobrir o seu poder pessoal e interior e renovar a sua energia para melhor desempenho em sua vida amorosa, profissional, financeira e social." Mas Zaguer não se via à procura de "um caminho", tampouco de um "sombrio vale". Buscava, acima de tudo – e eis a sua realidade simplória –, não criar confusão: embora tivesse dificuldade para admiti-lo, aspirava o posto de Oficial do cartório, desde sempre ou desde que entrara ali. Mas sabia que isso era impossível de se realizar. Por quê? Porque uma coisa, ele pensava, uma coisa é aspirar a alguma coisa. Outra coisa é efetivamente *querer* essa coisa, ele raciocinava guardando o Sidur de volta na pequena biblioteca. E, embora Zaguer aspirasse, não *queria* verdadeiramente aquele posto. Não *queria* dar aquele salto. Não *queria* o suficiente. Temia esse salto, certamente por não se achar capaz de ser um Oficial. O que significa ser um Oficial? Significa *ser o Cartório*. Ser ele próprio o cartório lhe dava medo, a simples perspectiva o fazia tremer. Como se *representar o cartório* significasse abrir mão de sua própria pessoa, deixá-la desaparecer, para se reduzir ao emblema transitório de uma instituição. E Zaguer, intuitivamente, achava que as instituições estavam acima das pessoas; eram coisas que existiam independentemente delas. É certo, ele pensava, que as instituições existem e existirão sempre acima das pessoas, mas de quem você se recorda quando pensa numa instituição à qual pertence ou pertenceu? É das pessoas, imaginava Zaguer, dos seres que integravam a instituição, considerados, inclusive, seus graus hierárquicos. O problema, para Zaguer, era mais amplo – era, pode-se dizer, social. Queria aparecer como indivíduo, como sendo o seu nome e sua própria marca, e não por causa do pertencimento a essa ou aquela organização. Talvez se sentisse bem sendo um empresário, por exemplo, cujo sobrenome fosse estampado no portal da própria instituição-empresa. Talvez um profissional liberal – como Moti, dentista ou médico, ou ainda como o próprio pai, engenheiro elétrico –, com nome e sobrenome gravados na porta do local de trabalho, um local próprio, escolhido, e não apenas numa plaquinha pálida sobre a mesa, como um colegial.

Enrola-se nos próprios pensamentos. Ao contrário do que lhe ocorria quando jovem, não consegue ter certeza absoluta de nada. A solidão desses meses sem Frígia e sem Estela, a casa vazia, Adolpho morto – tudo isso só faz aumentarem as vacilações, embora acarrete, também, um nível bem maior de irresponsabilidade. Mas o que fazer com a ausência de dever?

Mais de uma vez sonhou que era examinado por uma banca no trabalho ou em alguma universidade. Suava, e ao final não sabia se fora aprovado ou não, o que equivalia a uma reprovação. O que poderia salvá-lo desse insucesso que se apresentava tão inexorável? O amor? Qual amor? A morte? É duro se defrontar com a ausência do amor, ele pensava. Não enxergava resposta.

Quase sem pensar, enquanto o CD começava a tocar e a voz de uma soprano lhe massageava o cérebro, resolveu pegar o retrato grupal dos avós e outros parentes que havia caído atrás da estante. Tirou os livros, jogando-os ao chão sem se preocupar com seu estado. Ao contrário, atirou-os ao chão um a um como se fossem entulhos de que precisasse se desfazer. Afastou o móvel. O retrato estava ali, coberto de poeira e acompanhado de outro retrato do qual nem se lembrava mais – muito menos de que estivesse ali, tendo portanto também caído atrás da estante em algum momento. Ele com o pai. Devia ter seis anos de idade, vestia um colete aparentemente de lã, em losangos, e o pai usava chapéu e terno. Nenhum deles sorria. O cenário, ele tentava confirmar na memória, era o saguão do aeroporto de Congonhas. Mais uma das tantas viagens do pai?

Sem repor o móvel no lugar, muito menos os livros, nas prateleiras, vai até a mesa e deixa as duas fotografias ali. Em seguida, abre a gaveta e acaricia o pequeno revólver. Sem desligar o aparelho de som, sai para a rua.

No papel, aqui, a coisa parece que passa rápido demais, enquanto para mim as horas parecem meses. Estou em Paris desde o dia 30. E a grande questão é a seguinte: volto ou não volto para o Brasil, para a minha casa, meus pais, a família? Pode parecer bobagem, mas isso me intriga. Acho até que é uma questão existencial... Não sei. Será que tenho condições de decidir? Será que tenho poder para isso, força para isso, capacidade para isso? É a minha vida, quer dizer, a minha existência, que se define a partir daí, certo? Poderia dizer que é o meu drama, teatralmente falando? Como lidar com isso, ainda mais a distância, daqui onde estou, e sozinho? Pensar, pensar... Decidir? Bom, enquanto isso, quero recuperar o final de minha viagem à Grécia e a minha tão louca viagem à Itália. Dia 19, pela manhã, fui ao Tênis Clube, um clube como outro qualquer, só que esse estava com os portões abertos. Lá dentro viam-se turmas do colégio do Estado (o mesmo uniforme azul das crianças de Peristeri) fazendo suas aulas de ginástica. Havia, inclusive, uma piscina, onde não entrei porque estava em uso pelos alunos. Havia sol, e eu prefiro caminhar sob o sol; permite mais. Andei pela avenida larga e movimentada, como um rio, mais uns trezentos metros e encontrei o Stadium, um estádio de atletismo monstruoso, maravilhoso. Do tamanho do Pacaembu, só que muito mais estreito, mais em forma de ferradura. Muito caprichado, aberto e a pleno vapor, limpinho. Medo de pisar nas arquibancadas branquinhas de calcário, creio eu. Outra vez os uniformes azuis tomando conta da paisagem. Subindo ao último degrau, onde repousam um relógio e as argolas unidas do símbolo olímpico, pode-se ver Atenas como que de helicóptero – voando baixinho. A Acrópole está lá dando um jeito de manter o equilíbrio com os arranha-céus. Sentei-me, e foi muito bom ficar uns minutos desfrutando tudo aquilo. Eu, na real, não sabia daquele lugar, e estava esperando muito mais da quinta-feira (21), quando iria para a Acrópole e à manifestação contra o regime atual, por ocasião do aniversário do início da ditadura militar de Papadoupulos (não que eles prefiram a ditadura, mas é que o regime atual não se diferencia muito dela). Do estádio parti para rodar a cidade novamente. Se você pegar o mapa de Atenas, verá que eu percorri a filha da puta inteirinha. Fui à Universidade, ao prédio da Física particularmente. Lá, pensava, poderia encontrar o cara que me levara ao jornal (aquele que conhecera no subterrâneo da praça Omônia). Encontrei apenas o amigo dele, que não fala picas de nada e não soube ou não quis dizer onde o outro estava. A faculdade fica bem no centro da cidade, onde a movimentação é intensa e os estudantes não param de distribuir panfletos e folhetos de diversos grupos. Essa deve ser uma das razões por que o modelo americano e o brasileiro preconizam a manutenção dos estudantes em locais separados, em cidades universitárias isoladas. Segundo um ex-estudante da Unicamp, esta é uma das maiores dificuldades da universidade em relação à integração com a cidade e o trabalho político-cultural conjunto; dificuldade que, segundo ele, os estudantes estão procurando superar. Bem, o prédio da Física é completamente tomado de cartazes e murais, dentro e fora. Um estudante de Economia me disse que a Física é a faculdade mais movimentada. Parecia mesmo. Fiquei uns tempos no prédio procurando, sala por sala, uma que estivesse aberta. As aulas haviam se reiniciado no dia anterior e o ano começava com a conhecida panfletagem e tentativas de adesão. O órgão predominante era, sem dúvida, o KNE, órgão estudantil filiado ao KKE de linha soviética. Eram acusados de revisionistas pelos outros grupos da universidade e mesmo por organizações maiores (maoístas, na maioria). Não pude deixar de lembrar do Zé Augusto, e, de passagem, revi o que tinha transado com esse irmão da Mara. A gente se conhece desde que eu tinha onze anos de idade. Foi junto com o Moti. Já jogamos bola juntos, encaramos algumas festinhas ao mesmo tempo; respeitei-o sempre; acompanhei-o ao Krishnamurti, à magia, à macrobiótica, à ligação com o David (loirinho que me botou enciumado não poucas vezes), a pesquisa falsa e enganadora do real e do virtual dentro das nossas cabeças, a questão da individualidade secreta dentro de um grupo, o gosto por mexer a língua dentro da boca sem que ninguém saiba que se está fazendo isso, os livros que tentamos ler juntos, quando ele entrou na USP; lembro do vestibular dele, ele chegando para me contar, a mim e ao Moti um dia, sobre as provas, para me pedir correção da prova de português; as poesias dele que ele confiava a mim seguidamente (não ao Moti), a transação-trabalho, primeiro dele no cursinho e a admiração constante pelo tal Rogério, com quem organizava o jornal; e eu gostei quando, indiretamente, fiz o Zé conhecer e gostar do Pessoal do Ceará; lembro do tempo em que a gente frequentava o "Mambembe" e procurava incentivar a iniciativa com a nossa presença; lembro quão estranho foi ver o Zé sendo conhecido na USP e a junção feita com o grupo ao qual, embora desligado, eu de alguma forma me ligava; já nos propusemos muitas coisas (com o Moti junto), e a mais recente delas é um apartamento em comum. Não sei. Preciso, ao estruturar minha vida na volta, colocar isso na balança. Era foda quando, durante o recreio no colégio, eu ia com a Mara procurar o Zé (isso foi só no começo, porque depois ele saiu) como quem procura uma tábua no meio do mar para não morrer afogado; passamos uma vez creio que dois dias em Mairiporã; resolvêramos ir juntos e, lembro-me, era bom. Não sei o que ocorreu com ele depois de ter passado por aqui; aguardo. Moti também não dá notícias.

No dia 20, quando observava a propaganda nas ruas para o dia posterior (a manifestação), conheci o Sid; norte-americano, magro, alto, de bigode e óculos John Lennon. Muito conversador. Foi minha companhia até o dia da minha partida. No dia mesmo não pudemos conversar pois ele precisava buscar as bagagens no aeroporto e encontrar um *friend* dele. Mas, no dia seguinte, fomos à Acrópole e, à tarde, à manifestação. O dia estava chuvoso – Sid usava uma capa azul-claro enorme – e lembro-me de ter escrito uma carta gostosa de escrever para a Débora e depois ir ao Museu da Acrópole, ao templo, ao teatro de Dionisius e ver Atenas, enorme, de lá de cima. Vi uma cabeça de leão, feita por um artista chamado Phaídimos, do tempo de Pisístratos (560 a.C.), que era uma força exangue, pois o bicho era totalmente banguela. Não preciso nem dizer que, mesmo com a chuva, a visita a um lugar como a Acrópole é maravilhosa. O templo, sustentado por aqueles pilares enormes, que a gente conhece como a coisa típica da Grécia, e que alguns tentam apelidar de Pilares da Humanidade, é lindo, lindo. E a manifestação, dava para ouvi-la pelos lados da Acrópole, nos quarteirões do Plaka. Era na Universidade, e compareceram, chegando muito aos poucos, lentamente, quando não eram dispersadas pela "polícia democrática", como eu mesmo fui muitas vezes, cerca de três mil pessoas; muitas faixas e muitos brados. Alguns discursos, música em alto volume. Durou cerca de uma hora e meia. Conversei com um membro de uma organização maoísta, ele me explicando que uma das metas básicas e revisionistas dos KKE é a união com os países da Europa ocidental contra o imperialismo norte-americano, esquecendo ou deixando de lado o imperialismo dos próprios europeus e o chamado social-imperialismo da União Soviética. Foi novidade ter visto tudo isso e foi muito proveitoso ver a prática do que é para nós pura idealização. Não posso deixar de dizer que, como durante todos os outros dias, passei no Correio Central para ver algo recebido, e nada, bosta! E vai e passeia pelo Plaka com o Sid, a gente conversando sobre os EUA, sobre a menina dele e sobre a minha (quer dizer, sobre a Débora) e ele tem uma profissão que não pretende perpetuar e que é muito curiosa: telegrama cantado. Serviço especial para quem quer mandar algo "original" e caro para alguma outra pessoa. Há canções especialmente compostas para cada ocasião (casamento, bodas disso ou daquilo, aniversário) e ele é encarregado de ir até a casa do destinatário e cantar. Só para aniversários há mais de cinquenta diferentes composições. O Sid, por sinal, toca e canta muito bem. Ele está viajando para decidir sobre a vida dele. Tem 28 anos e resolveu pensar com a menina dele em ter um filho e a viagem faz parte da decisão. Parece que muita gente viaja para poder decidir o que fazer depois. Não é bem o meu caso. Viajo, viajei para tentar me modificar e, mais do que decidir o que fazer na volta, viajo para decidir a maneira de me comportar no presente, isto é, no mundo, a maneira de lidar com as pessoas, a determinação dos espaços dentro do que sinto e do que racionalizo. Essa meta, que traçava com a Débora antes de viajar, já cumpri e é essa a razão pela qual acho que já quero voltar para o Brasil. Em razão disso, dessas modificações, aconteceram outras coisas que, no final das contas, também faziam parte da viagem; a questão do esclarecimento político, da tranquilidade para encarar ainda com mais frieza e objetividade este campo. Logicamente as duas coisas estão ligadas e são interdependentes; uma complementando a outra e subsistindo graças ao progresso da outra. Fiz, ou melhor, passei por tudo isso, em menos tempo do que planejara e não há razão para insistir na minha permanência na Europa, embora não seja fácil, uma vez aqui e sabendo que tão cedo não tornarei a viajar, decidir a volta de uma vez por todas. Na sexta-feira (lembro que na noite anterior levara o Sid para conhecer o tal bar vermelho), ao cair da tarde, fui à praça Sintagma com o violão do francês do meu quarto na mão. O marroquino, que passara a semana inteira com uma séria crise de dor de dente e a boca inchada, foi comigo. Ele precisava de dinheiro, mais do que eu. Não me incomodei em cantar e tirar uma parte para mim e outra para ele, que só me acompanhava com palmas e que tentou falar o "marinheiro só" nas horas do refrão. Cena engraçada. Vi que, se fosse necessário, podia ganhar dinheiro assim, tocando no meio da rua. Há uma estratégia para isso: quando você toca numa rua movimentada, ninguém para para ficar ouvindo como num show, porque todos têm pressa; então eles dão as moedas (quem dá) e se mandam logo, mais naquela de te dar a grana logo do que na de te escutar; o resultado é que você pode cantar a mesma música o tempo todo que ninguém vai saber; é escolher uma ou duas, até três, que você cante bem e mais forte (numa tonalidade mais favorável para a intensidade) e mandar ver. Descobri isso e faturei umas moedas naquela tarde-noite de sexta-feira. Levei o Sid também para ver aqueles grupos inflamados de discussão que se formam no subterrâneo da praça Omônia. Sábado passeamos pela manhã e preparei algo para levar na viagem a Belgrado. Sid foi comigo para me dar um tchau e foi tão bom... quer dizer, foi muito bom ter tido uma companhia nesses três dias finais de Atenas. Eis uma outra coisa que aprendi nesta viagem: a vantagem de uma companhia; o vexame da solidão. É que a solidão maltrata, vicia. Você se animaliza, ou você se come, se mastiga todo e, se não souber se manter (como eu não sabia e, também, aprendi), você se tortura como criando um porco-espinho nas tripas crescendo pela cabeça e mijando pelos teus olhos. Foi foda, muitas vezes, passar o dia sozinho. E um dia era, e é, muito tempo para se desperdiçar quando se viaja. Naquele primeiro dia de Belgrado, quando me abateu uma crise muito séria, relativa ao que falei agora há pouco, conhecera o Giggio (Nalo), um soldado do Exército da Iugoslávia, uma cara de alemão nazista que tapeia. Rodamos bastante a cidade; visitei o parque de Kalimegdan, que fica numa das pontas da cidade e descortina uma vista global da dita-cuja. Lindo, lindo. Os dois rios, o Dunav e o Sava, cruzam-se abaixo, com uma ilha encoberta pela água, onde se veem apenas as árvores saindo como braços de quem se afoga. Parque cheio de gente e muitas rodas de dança com bandinha ao centro. Danças de roda que me fizeram lembrar as cirandas que vi no Largo São Pedro, em Recife, por ocasião da Festa da Padroeira, três anos atrás. O Giggio pagou-me uma Coca-Cola, mostrou-me outros lugares, e me deu uma mão forte de despedida, aperto de quem sabe que não vai se ver nunca mais, deixando-me com um outro cara (magro, alto, que não parava de escarrar), que indicou o caminho de volta para o hotel, e acompanhou-me, por sinal, falando da discoteca à noite e me dando tchau ao entrar num ônibus não sei para onde. O que importa é que ter passado aquelas horas com o Giggio foi muito pitoresco, pelo jeito dele com a cara e o uniforme de soldado, e as coisas que me contou sobre o seu país. Um orgulho nacional extremo, Tito até a cabeça, nacionalismo de quem não reconhece que os EUA estão numa das bases da ideologia de consumo de Belgrado. Sim, porque, embora as lojas sejam todas do Estado, a indução ao consumo e o tipo de consumo são exatamente os mesmos do Ocidente. A única diferença, em relação ao consumo, é a ausência da publicidade excessiva nas ruas. Preste atenção: excessiva. O que não exclui o uso da mesma. Se você vem e me diz que o modo de produção é que determina a circulação e que os dois se desenvolvem numa interdependência, há uma forte contradição vigente na Iugoslávia. E não dá outra! Obviamente não pretendo me estender nisso aqui, pois precisaria estudar muito mais a formação econômica e principalmente as passagens recentes do país. Minha constatação é o que pude testemunhar no pouco tempo que passei e com as poucas pessoas com quem pude conversar. À noite fui à Discoteca, um salão grande com conjuntos de rock se alternando. É uma casa especial para jovens e só havia gente de quinze a vinte e cinco anos. Lotado. Todos dançando. Conheci um grupo de caras de quinze ou dezesseis anos e fiquei com eles, quer dizer, dancei com eles. Cheguei para um deles e falei (talvez prematuramente, mas não de todo errado): "Vocês têm sorte de terem nascido num país socialista; aqui vocês têm lugares aonde ir, enquanto na minha terra a gente ainda precisa construir." Ele sorriu com o fraco inglês que tinha; um inglês que mais permitia escutar e entender do que falar. Dancei bastante, suei pra caralho e, na saída, tomei uma chuva bestial que me fez gastar algumas das pastilhas de Anginocilina que o Ariel (do grupo das laranjas) havia me dado. Dia seguinte, logo pela manhã, numa escadaria da agência de turismo central (Putnik), conheci a Veronic, uma menina que trabalhava lá e me ofereceu um quarto na casa dela para eu dormir. Estava com uma colega de trabalho que ia viajar para o Brasil, no comecinho de junho, e foi muito estranho ela de repente me convidar. Como pegava no serviço agora, 7:30 da manhã, e terminava às 15 horas, combinamos de eu passar lá para irmos para casa. O cara de pau aqui pensou ter ganho uma menininha na sopa, uma menina até bonita. Passeei até a hora marcada e encontrei a de cabelo castanho liso e curto no lugar combinado, na esquina da Ojovanovica com a Marsala Tita. Pegamos um ônibus e ela disse que não havia problemas com a mãe dela, que só moravam ela e a mãe na casa e era só explicar que eu ia passar uns dias lá. O cara de pau aqui gozando um privilégio anormal com a simpatia da baixinha. Muito bem, era longe à beça, num subúrbio, onde o mato já cresce. Achei bom, porque, afinal de contas, veria um outro lado da cidade. Bairro residencial, todos os prédios iguais, standard. A mãe era uma velha, e pude perceber que era viúva e que a minha anfitriã era a filha caçula. Mostraram-me o quarto com duas camas, tudo direitinho, deram-me um banho de água quente, um chá. O de cara de pau aqui tocou algumas músicas num violão horrível de cordas de aço, que mais parecia daqueles que se dá de presente para a criança pensar que está fazendo música, que para afinar foi o cu!, mas que deu para matar a minha vontade e a curiosidade da baixinha pela música do Brasil. O fato é que depois de um conhaque e de um chá a menina perguntou, pra surpresa do trouxa, quanto eu estava disposto a pagar pela estadia (só posso rir da cara de tacho que eu fiquei quando ela perguntou). Falei que pagava até 40 (no hotel pagava 185). A mulher cobrava 50 sem nada e 150 com comida e tudo. Ainda me recompondo da surpresa, topei os 50. É que eu pensei que tinha caído no pudim, como diz a Vera lá do arquivo, e me enganei. É bem verdade que 50 estava baratíssimo, pois, como pude constatar depois, o preço mínimo é 108. Isso nos hotéis. Dos particulares (olha só, particular ilegal) era 100. É claro que eu levava vantagem e tinha a companhia da baixinha para acrescentar ao aluguel do quarto. A gente está conversando no quarto sobre a Iugoslávia quando a mãe dela aparece e fala qualquer coisa na língua deles, que eu não pude entender, nem suspeitar. A menina, em seguida, vira para mim e fala "sorry", e sai do quarto em direção à cozinha (pensei eu). Dois minutos sozinho e chega a velha (já era noite) com cara de arrependida, trazendo a toalha molhada que eu tinha posto lá fora para secar, dizendo e me fazendo entender pela mímica que eu tinha que ir embora, que ela não me queria mais dormindo ali. Chamei pela baixinha, mas ela tinha saído. É claro! Não queria passar a vergonha de me expulsar ou ver expulso da casa um cara que ela tinha convidado. Mas era isso mesmo. A mulher não falava gota nenhuma de uma língua que não fosse a dela e, se eu ficasse mais algum tempo ali, ia sair um pau desgraçado. Ocorreu que o cara de pau aqui, com a cara de tacho pisado, esmagado quinze vezes, teve que procurar outro lugar no meio da noite, longe pacas que estava do centro. Bom, nem preciso dizer o quanto significou ter transado um quarto particular na Iugoslávia: vi a gana pela grana e, ao mesmo tempo, experimentei essa dada e dita situação. Estava andando pelo centro da cidade, quando me para um carro branco, tipo Corcel, com dois caras e uma menina oferecendo-se para me ajudar na busca de um local para dormir. Vamos lá. Aceitei a oferta, subi pela porta de trás e começamos a rodar pelos hotéis. Eu já tinha estado no único hotel de estudantes que há em Belgrado (108 dinas), para onde fora direto da expulsão da velha, mas não havia lugar. E lembro que o hotel ficava na outra puta que o pariu, exatamente do lado oposto ao da casa da baixinha. Percorremos hotéis e hotéis, transamos uma outra particular que queria 100 dinas, mas eu não dispunha da grana na hora e ela não topou, pensando na minha não de todo impossível fuga ao amanhecer.

Resultado: toca a voltar para o hotelzão das 185 dinas (dez dólares). O que me deu uma certa compensação foram a fartura do café da manhã e o banho quente, logo cedo, dentro do quarto. Na manhã seguinte, senti que era melhor ir para o interior da Iugoslávia e depois voltar para pegar o ônibus para Veneza no dia 4/5 (ou seja, hoje!!). Fui para a estrada e passei a manhã inteira e o começo da tarde tentando carona, e nada pintando; tentei a sorte com alguns motoristas de caminhão, mas iam todos para o sul. Se quisesse, estaria na Grécia outra vez ou mesmo no Kuait (se o passaporte carimbado por Israel permitisse!). Fiquei muito puto lembrando que haviam me dito que o *hitchhiking* na Iugoslávia é coisa certa. Vão à merda! Logo pela tarde resolvi então pegar o ônibus para Sarajevo; vi que o ônibus é muito mais barato que o trem.

A testa úmida de Jessebom, bem à sua frente, chamou a atenção de Zaguer, e o olhar do colega da direita, trêmulo, completou o alerta. Sob o umbral da porta, surgia o proprietário, o fantasmagórico homem das ameaças, de corpo presente, bem ali, na entrada da sala, como num filme, a poucos metros, acompanhado de dois sujeitos, um deles o representante já conhecido de Leon, o outro, um segurança qualquer, ele calculou.

— Esse senhor quer falar com você — diz Jesse-bom, assustado. — Não quis adiantar o assunto, veio entrando. Eu expliquei que estamos a dez minutos de fechar o expediente, que você não teria como atendê-lo, só amanhã, mas ele insistiu.

Zaguer sentiu o corpo tremer, especialmente o rosto, como se um calafrio tivesse se concentrado bem entre os dois olhos.

Os três visitantes avançaram em sua direção. Leon se levantou. O chefe, isto é, o proprietário interessado na falcatrua que ele, Leon, se recusava a oficializar, pegou uma das duas cadeiras e sentou-se. Estava, agora, a menos de um metro, encarando-o sem sorrir, sem cumprimentar.

— Pois não — adiantou-se o escrevente, a voz capenga, sentando-se de novo.

Ainda calado, o homem pegou uma sacola e tirou de dentro dela um pacote, que colocou sobre a imensa papelada da mesa de Leon.

— Um presentinho para o senhor. Pode abrir.

Zaguer engoliu em seco. Notou que seus colegas de sala olhavam disfarçadamente a cena, não sabia se para eventualmente lhe prestarem socorro ou se por mera curiosidade, bisbilhotice. Pegou o pacote, hesitante, examinou-o por alguns segundos e o abriu, cautelosamente.

— Pode abrir — insistiu o homem. — Sem medo.

Era uma caixa com dois CDs e um título sugestivo: "Tango Argentino – 1940-1980 – uma seleta".

– Gosta de tango? – perguntou o homem, dando um pequeno sorriso, mas com o olhar sério. – Tenho certeza de que gosta.

Zaguer ficou em silêncio. Respirou fundo, sem responder.

– O que o senhor quer? – perguntou. – Em que posso servi-lo? – insistiu.

– Nada. Você já sabe. Vim apenas lhe trazer pessoalmente este presentinho e lhe dizer que até onde vai minha pequena experiência de vida, que eu saiba, ninguém gosta de perder duas filhas, especialmente quem já perdeu uma, de pequena, não é?

Sem dar tempo para nada, o homem se levantou e saiu com os outros dois, que, de longe, voltaram-se para dar uma última olhada em Zaguer e nos colegas que agora se amontoavam em torno de sua mesa.

– Nada sério – ele disse aos colegas, sentindo os olhares interrogativos. – Um babaca, esse cara. Vamos embora, gente. Está na hora de fechar a lojinha.

No caminho, dirigindo seu automóvel, Zaguer tenta formular a ideia de que talvez tivesse chegado um momento de decisão, quando a inação e a passividade – seu vício – perdiam todo sentido. Assim como perdiam sentido o fato de esperar que outros fizessem as coisas por ele ou a mania de se esconder, de se retrair, de não ter a iniciativa dos acontecimentos, o hábito de fugir do risco, de nunca ir às últimas consequências, como se diz, a saída rotineira de não assumir responsabilidades, não enfrentar disputas, não defender os seus. Você não precisa mais mamar no peito da tua mãe, dissera o pai poucos anos antes, como a buscar incutir na cabeça do filho a ideia de que ele já era uma pessoa adulta, coisa de que ele, Zaguer, nunca se convencera plenamente. Não tem mais essa necessidade, dizia. Talvez o monstro não seja tão monstro assim, talvez você, sem saber, seja até mais monstruoso do que ele, dizia o pai. Mas há quanto tempo Zaguer não se arriscava em nada?

Pensando bem, não havia alternativa a não ser aceitar a ação proposta por Marcelo. Aquele policial com cara de imbecil, recém-concursado para dar aulas na Academia de Polícia, talvez não fosse tão imbecil assim.

Ao chegar em casa, sem nem mesmo tomar um banho – como era costume –, decide ligar para Moti. Parece-lhe irreal aquilo que pretende dizer ao amigo, mas diz:

– O sujeito esteve hoje no cartório, rapaz, sem avisar, com dois capangas. Não disse nada e me deu um CD de tango... Você acredita? Não tenho alternativa, Tigre. Vou na orientação do Marcelo.

Do outro lado da linha, o dentista silencia por alguns segundos.

— O que isso quer dizer, rapaz? Também não precisa acabar com o cara – diz Moti. – Ele deu algum prazo concreto para você?

— Não deu prazo nenhum. Não tem mais prazo, Moti. Você não está entendendo...

— Nada disso. Você tem que aprender a lidar com essa gente. É só ameaça, uso da força. Isso tem um nome: é terrorismo barato. Basta mostrar para ele que você também tem as suas armas. Eu já disse isso para você.

Zaguer aperta os olhos como se quisesse esprêmê-los, extrair deles algum suco, algum azeite.

— Não é oito ou oitenta, Leon – insiste Moti. – Aguenta aí que vou ligar para o Marcelo. Enquanto isso, toma um calmante, eu te dou a receita.

— Que calmante, que nada!

— É sério. Todo mundo faz isso. Qual é o problema?

— Preciso resolver esse negócio. E é comigo mesmo, aqui dentro. Não preciso de calmante coisa nenhuma. Não dá mais para segurar. Não quero me acalmar. Não quero me tranquilizar.

— Tudo bem, mas desse jeito irracional e desesperado você não vai a lugar nenhum. Precisa controlar isso.

— Eu não tenho mesmo lugar nenhum para ir, Moti. Será que você ainda não entendeu?

Eu tinha um sol lá longe. Um violão atraente, tal como Baden Powell. Eu, na verdade, sentia-me como um procurador de justiça: à caça. E é o que sou, de certa maneira. Soprava, do leste, um vento quente e úmido, e eu seguia, como quem cata sua bengala, o que não deixa de ser normal... Talvez saber disso me conforte. Meu desespero era reativado a cada contato, e, de repente, encontro aqui na França uma espécie de canja para a minha parte interior, ou seja, um certo sentido. Conversei com a Dominique aqui em casa um longo tempo sobre mim... E era eu me jogando como um dado viciado, sendo reparado por carpinteiros esparsos, e a viagem que sinto chegar ao fim, a rede que a todos uniu em alguns meses. De excelência, permito-me chamar esses meses. Será que sei explicar tudo que aconteceu? Aquele relatório que preparei em dezembro-janeiro sobre mim foi tão bom, e veio em tão boa hora, que foi ideia de jerico vivo ter dado à Débora para ler porque tenho a impressão de que há algo ali. Tenho a impressão de que não foi à toa que eu usei tanto o nome dela durante este diário irregular e inconstante. Porra, é claro, só tinha que usar mesmo. Assim como usei o Zé que reapareceu mais forte do que nunca aqui em Rueil-Malmaison, onde posso descansar e preparar, aprendendo, a volta. Quem sabe foi pouco tempo... Por que já dou a volta de barato? E se ficasse aqui? Ah, só posso rir. Deixe de lado a questão do tempo: um minuto pode significar o quê? Quem sabe? E isso é mais do que real quando se sabe aproveitar esse tempo. Então, hoje à noite, a gente vai ver o Astor Piazzolla, que eu gosto muito com o Mulligan. Gosto à beça. O papo de hoje com a Dominique foi bom pacas! Vou fechar este *machberet* (caderno!), que os guris estão chegando e a casa se movimenta.

É uma nova fase? O quê? Estabilidade? É diferente, claro, mas essa é a etapa final e nem creio que deva durar muito, você vai (e eu não o faria se fosse antes) adquirindo contato com o pé que sonha, samba e descansa também. Aqui é mesmo para terminar e só o dinheiro é que me segura com, inclusive, a música do João Bosco, bem Brasil. Também Dominique com Alfred. Mas a volta é surpreendentemente puxadora.

Muito bem. Cheguei ao dia 18 com algumas glórias. Amanhã é Ascensão, portanto, feriado. Dominique e Alfred vão para a Veneza de São Marcos, onde, a meu pedido e munidos de uma autorização por escrito, tentarão retirar cartas que, por uma bela ventura, há de haver para mim no Posta-restante. Ficarão até o domingo, e hoje é quarta. Ficarei na casa sem problemas; parece que virá um casal para passar o fim de semana. Bom que Piazzolla tenha vindo a Paris. Com ele veio o Oswaldo, organista que conheci pelo Plínio (tecladista). Argentino, magro, sorriso bem aberto à Caetano, cabelo cacheado negro, atencioso e presente. Encontrei-os no meio da rua, onze horas da noite, quando dava umas voltas pelo Quartier Latin avec Inês (alemã que cuida-trabalha das crianças daqui e de alguns vizinhos) e três amigos (dois e uma) dela que moram numa casa abandonada. Por coincidência encontramos e fomos ao apê do Plínio (Neco, para os íntimos, não sei porquê), quedamo-nos num bar cerca de três horas e todo esse tempo conversei-conheci o Oswaldo, que, xingando o Piazzolla por causa de mil e duas mancadas, pretende ficar aqui e repensar, balancear, fazer com a música mais ou menos o que eu fiz ou o que fez o Abílio, amigo dele que fugiu da Argentina para morar em Israel. Ou seja, depois de dezesseis anos com piano a peito e tendo alcançado grau suficiente de profissionalização, chegando a tocar com o argentino xingado, pensa em parar por uma questão político-ideológica que não lhe permitiria fazer o desejado (quer dizer, a situação atual da Argentina e da América Latina em conjunto não lhe permite manter o trabalho artístico). É o primeiro músico que conheci que, como eu, não enxerga a diferença pregada entre o artista e o não artista, a não ser no nível de desenvolvimento da prática artística, claro. A tal da sensibilidade supostamente superdesenvolvida é uma máscara que procura supervalorizar a profissão de artista afastando a pessoa "normal" do poder latente da criação. Supervalorizar, não como profissão (muito pelo contrário: vide advocacia, medicina e engenharia), mas como "valor humano". Cago para essa distinção! Por falar nisso, em cagar, não posso deixar de anotar o último filme do Pasolini (*Salô ou os 120 dias de Sodoma*) como uma obra muito interessante. Para começo de conversa, é preciso ter coragem e uma certa frieza (digo, contenção das emoções físicas – sic!) para vê-lo inteiro. Moralmente diabólico. De abrir a boca de qualquer acusado de imoralidade, sem dúvida, há! Passa-se em uma mansão muito grande, rica e bonita para onde são levados jovens recrutados à força em pequenas cidades italianas. É no ano de 1944-1945. Nessa casa, os jovens (moços e moças de dezesseis a vinte anos mais ou menos) serão formados no homossexualismo, no sadismo (o filme é baseado, em sua maior parte, na obra de Sade), no fascismo. Não que essas coisas sejam muito comparáveis, sei lá... Há quatro homens mais velhos que são os chefes, digo, os professores, fascistas de confissão. Ótimos atores! Além de fazerem os jovens comerem merda, mijo, uns dos outros, trocavam as filhas entre si, para comê-las, e torturavam ou matavam os desobedientes. Há um regulamento rígido para o comportamento de todos e a desobediência resulta em fogo no pau dos caras ou no bico do seio das meninas, arrancar a língua fora, arrancar o couro cabeludo a sangue-frio, enforcamento, curia etc. E Pasolini mostra tudo isso sendo feito, diretamente, como se fosse na frente do espectador o ocorrido. A voz dos fascistas declarados é muito forte, estridente, além de visivelmente maníaca, fanática, sexualmente louca. E o filme mostra o fanatismo vizinho ao sadismo, uma aproximação com a morte (sempre iminente) esperada. Logo no começo, quando os jovens são transportados para o local, um deles (um cara pertencente a uma família de revolucionários) ateia-se ao asfalto, fugindo, mas é baleado à metralhadora e abandonado à beira de um rio. No carro, os fascistas riem de piadas velhas e sem graça. Há na mansão algumas mulheres mais velhas que cumprem a função de contar histórias de suas vidas, suas aventuras, com a finalidade de excitar e distrair os carneirinhos. Bom, é foda e, acho que nunca passaria no Brasil!! Vi também o *Histoire D'O*, mas achei uma merda erótico-comercial, salvo a beleza literalmente cinematográfica da atriz principal. Muita psicologia barata e dramas pessoais voando pelos ares. Anteontem fui ver o John Mayall no Pavillon de Paris. É um teatro, um ginásio, enorme, para umas cinco ou seis mil pessoas. Foi nesse mesmo lugar que ouvi, na comemoração da *Fête de Paris* do Partido Comunista, a voz do George Marchais proclamando a efetivação do programa de união das esquerdas e a mudança democrática do atual regime e, mesmo, do sistema econômico. Aplaudido pra caralho pelo ginásio lotadinho, não preciso nem dizer. Para assistir o John Mayall, havia perto de três mil pessoas, e foi uma pauleira. O cara estava com mais três (guitarra, baixo e batera), e botaram todo mundo para pular. Foi blues e rock a dar com pau. Mas nada de novo. Os velhos naipes. Foi bacana porque eram bons músicos e, além disso, foi a primeira vez que vi uma pauleira dessas benfeita! Vou descontar umas pitadas fortes que uns vizinhos me proporcionaram no meio da apresentação. Boto as duas coisas (Marchais e Mayall) juntas, não por começarem com a letra M, mas porque a crítica que cabe à alienação política provocada pelo rock do Mayall cabe a Marchais também (ao PCF, mais diretamente), pela sua condução política, a meu ver, negativa. Duas formas de alienação. O PCF é um dos maiores seguradores de greves autênticas e, por vezes, insurrecionais. Sua ligação, o apoio que recebe de muitas multinacionais, é já indisfarçável. Sexta-feira passada, fui com Oswaldo ver a peça *Señor Presidente*, pelo grupo venezuelano Rajatabla. Baseada no livro do Astúrias, maltratava o texto do romance, transformando-o em pequenas citações e, por vezes, trechos infantis com a finalidade de acusar o regime ditatorial e militar vigente na América Latina.

Não posso dizer com certeza (estou no metrô), mas acho que, aquele tipo que estava de sobretudo bege sujo estava chorando. Ele saiu logo duas estações depois de eu ter entrado neste vagão, e correu para a "sortie" da "correspondance" como quem está atrasado para o encontro com algo melhor. E aí? Eu voltando da cinemateca (*Deus e o Diabo*... Glauber Rocha) como um rato (segundo Oswaldo, que não veio para o jantar com Tommy, o guitarrista com cara de moleque), nos subterrâneos de Paris. Falam de uma ameaça de explosão para o 24 de maio. Por falar nisso, amanhã vou com o argentino vivo assistir a *A greve* (há!, há!, há!), de Serguei Eisenstein. O cinema é pertinho da Étoile e a casa do desgraçado é lá em Vincennes!!

Um diário de viagem tem que ser rico em fatos, colorido e cheio de dia a dia, ou então ser aquilo que fez um francês (não lembro o nome) afamado que, viajando pela América do Sul, escreveu um diário recheado de colocações a respeito da história dos países visitados e citou os nomes das pessoas com quem conversava (e só dava gente da alta, quer dizer, dados frescos, informações objetivas e científicas e tal). Repito a mim mesmo que não sou nenhum Jean-Paul Sartre (outro francês, merde!), que, quando visita algum país tem toda uma comissão especializada para recebê-lo e que lhe garante uma boa visita; não quero dizer que ele também não saiba fuçar bastante por conta própria. Mas é fácil ver a diferença. Então, vou compondo um diário que não é um diário, são anotações, observações, colocação de alguns raciocínios que achei interessantes e que podem-devem ser aprofundados-objetivados. Enfim, qual é a pretensão disso tudo? É mesmo mutante. Já fiz usos diversos disso, essa é que é a verdade. Comecei escrevendo porque separei-me do grupo que veio comigo para Israel e partiu de volta na primeira semana de março. Era uma maneira de não me sentir sozinho. Nada de sentimento de vítima, hein! Usei o diário para guardar coisas que, por serem muitas e detalhadas, não poderia registrar só na cuca. À medida que me vi sozinho, procurei não quedar-me sozinho. Ou seja: não conhecia (e não creio conhecer ainda) a técnica do diário e pensava chegar a ele todos os dias e preencher algumas linhas de relato inevitáveis. Mas não aconteceu nada disso, ainda bem. Lendo o começo deste "diário", ele me parece muito tímido, muito descritivo e sem metas. Não sabia o que escrever, o que eu guardaria e o que não. A pergunta: mas o que ele é? É um diário ou uma tentativa de tratado político, meio chinfrim, frouxa e traiçoeira, sem base? Eu pensava (não só pensei mas cheguei a escrever também) em escrever algo "sério" em relação ao que eu via como possível, abrangendo economia, política etc. de tal ou qual país. Mas não se trata disso, porque, na mobilidade, na instabilidade de uma viagem não se tem o material, o tempo para escrever seriamente (mexer com conceitos sem brincar, colocá-los em ordem dentro de uma perspectiva e tudo o mais) e nem é este o objetivo da própria viagem. Essa é a razão por que escrevi tantas besteiras (no sentido da falta de clareza e aprofundamento) em relação a questões de política, por exemplo. Sei que há entre elas coisas que não são besteiras e, como estão independentes das ditas-cujas, podem ser identificadas, se lidas com atenção. Ocorreu, então, que fui encontrando pessoas e procurando por todos os caminhos. Aí eu ficava, às vezes, uma semana ou mais sem pegar nestes escritos e, quando pegava, vinha tudo de uma vez, desembestado, como numa arrebentação de gado. E é muito melhor usar uma coisa dessas para registrar, documentar, do que para transformar em amigo de papel. Será isso evitável? Depende dos amigos de verdade que você encontra e da relação que se estabelece, da troca. Aconteceu comigo positivamente: Dominique, Oswaldo, Inês, Plínio, e todos os outros que encontrei por aqui, cujos nomes nem sei, e que tiveram comigo conversas únicas, sabendo que não nos reveríamos nunca mais. Aquilo de querer transformar um diário no contrapeso de uma esperada e indesejada solidão foi um erro, e eu, ainda que diversas vezes de forma intuitiva, o corrigi. Há pinceladas dessa mudança de rumo por volta de

Belgrado, e Veneza foi uma bosta muito mole, pois me manchou inteiro com seus entreveros esquisitos, um atrás do outro, no transporte e no hotel pequenino e barato, onde o dono, tenho certeza, deu em cima de mim, e eu pouco tinha experiência dessas coisas. E disso, disso!

Agora há pouco escrevi "questões de política" e esqueci de frisar que, embora sejam políticas todas as atividades dos homens, usei a palavra para designar o que é oficialmente aceito como política, ou seja, a vida partidária, parlamentar, clandestina ou não. Boa-noite!

No Largo de Pinheiros, região de pontos terminais e iniciais de linhas de ônibus populares, perto da casa de infância de Zaguer, havia um pedinte de mãos enormes, uma maior do que a outra: sofria de elefantíase, mas o garoto não fazia ideia disso. Cruzava com ele sempre que ia comprar sorvete ou figurinhas. Eram mãos tão grandes, ainda mais aos olhos de uma criança, que Zaguer se horrorizava com elas, sonhava com elas muitas vezes, apavorando-se diante da sua mera imagem. Para comprar sorvete ou figurinhas, tinha de passar ao lado daquelas mãos ostensivas, escandalosas, ameaçadoras. Amedrontadoras. E qual seria a lógica a atuar por de trás de um medo tão carnal? Talvez as mãos grandes, sem dúvida grandes, embora não doentias, do próprio pai, que, ele lembrava bem, caíam-lhe pesadas, repetidas vezes, diante de faltas não necessariamente proporcionais a elas; e ele então saía para a rua, para secar com o vento as lágrimas que na verdade raramente afluíam, buscando consolo nos olhares da gente pobre que transitava pelas proximidades. E ali estava aquele homem sentado, as mãos gigantescas. A dor, aquele olhar, as mãos pesadas de um visual maligno. Sempre estavam associados a dor e aqueles olhares, e aquelas mãos. Nem precisava pensar. Parecia *pensar* apenas pelo corpo, com os olhos e os músculos, movendo-se com uma habilidade nunca treinada. Os olhos, ele sentia, pegavam fogo, ardiam, um fogo de entrega, seco, uma raiva antes inconfessa e que agora se expunha, assim lhe parecia, não o fogo apenas de uma corrosão, algo mais rude, selvagem. Agora, com suas próprias mãos – que enxergava tão enormes quanto as do pai –, iria adiante de modo irrecusável, sentia, e não apenas resoluto: uma força livre, autônoma, imensa. Mais do que isso: irresistível. Dê uma chance à virtude, ele se repetia, como tantas vezes. Dê uma chance à virtude, seu merda, ao menos uma vez na vida.

São cinco da tarde de um sábado convidativo, especialmente convidativo para ir à praia, ao sol, ao mar. Sai de casa, em direção à Imigrantes. Ao volante, encara as mãos. Parecem crescer um pouco a cada quilômetro rodado. Incham. Avermelham-se.

Marcelo tinha-lhe passado detalhadamente as coordenadas, os hábitos do homem. Zaguer chega ao Guarujá em menos de uma hora, logo se dirige à Enseada, naquele fim de tarde já quase vazio de gente. E ronda por ali durante meia hora, até enxergar na areia o corpo que sai do mar, esbanjando saúde, como se tivesse nadado quilômetros ou simplesmente caminhado com metade do corpo dentro da água, atravessando a praia ida e volta. Apesar do lusco-fusco que enevoava os contornos, viu-o enxugar-se com a toalha verde, dobrar a cadeira de alumínio e fechar o guarda-sol, calçar as havaianas e seguir, a passos firmes, em direção ao asfalto, atravessando a rua com seus óculos escuros, sozinho. Entra no hall do prédio de apenas três andares, certamente sem elevador, mesmo local onde Zaguer resolve entrar, em seguida, para dele sair, não mais do que dez minutos depois, o corpo tremendo, as mãos manchadas de um vermelho quase preto, correndo em zigue-zague rumo à praia, a respiração segura como nunca antes a tivera, os olhos parados.

O que eu queria falar é da chamada solidão, mal conduzida. Isso, insuportável! Começou quando fui desovado do ônibus no meio da autoestrada. E eu não forjei tudo, só por distração ou passatempo. Dominava-me o medo de cair em qualquer cilada, o fato de não poder relatar ou comentar nada com ninguém; a sensação era como a de ter esquecido os óculos na Grécia! *Incroyable, mais je suis très fatigué et je ne peut plus écrire maintenant. Bon soir!* Passei esta noite (que adentra a madrugada) com Inês (alemã) ouvindo música e conversando, conversando, conversando, conversando o de costume.

Existem as férias que você tira para descansar o corpo, o seu físico todo, e deixar de pensar nos problemas diários que (sem que você note ou controle, podendo, no máximo, minimiza-los) te neurotizam. Saímos rumo ao descanso conhecido. Há férias que você transforma em não férias e que, ao invés de descansarem, cansam. Depende muito mais do lugar aonde você vai do que da sua idealização do que sejam férias. Foda que, quando você entra num país que tem características muito diferentes do seu, você fica perplexo e sem saber como explorar plenamente as novidades. Quando saí do Brasil, já não pensava nas férias do primeiro tipo que citei (se não citei outras é porque não pretendo fazer um estudo para a faculdade de turismo no Morumbi) e, sim, na continuação, em outro(s) terreno(s), do que já vinha fazendo; formando-me. Isso não quer dizer que pensava na segunda forma de férias que citei (as não férias), mas, sim, que não se tratava exatamente de férias. É aí que quero chegar: sem saber exatamente o que ia acontecer desde o momento em que botei o pé no avião da Alitalia, abandonei-me ao sabor da curiosidade. Assim, duas metas se definiram a partir dos próprios acontecimentos, da própria viagem: 1) revisar-me interiormente, taí, revolucionar-me na questão do relacionamento com os outros, saber-me dentro ou fora de uma determinada situação e como, estudar o meu comportamento transformando-o; 2) enriquecer, na medida do possível, uma carga cultural e política que poderia me permitir opções ou a criação de ideias ou visões menos obscuras do mundo, dos fatos, dos presentes e do que se vê nas ruas (daqui e de lá), buscar uma colaboração na democracia europeia (Israel também). A primeira das metas foi cumprida maravilhosamente; transformei-me visivelmente. Do Brasil, já saí com algumas orientações para levar esta metinha a sério, e levei mesmo: detalhes, sexo, amor, caretas etc. Mexi com tudo isso com vontade direcionada a torná-los proporcionalmente necessários. Quanto à questão segunda (enriquecimento cultural etc.), não creio ter obtido o mesmo êxito. Explico: não existe separação entre essas duas metas que coloquei; elas caminham juntas, complementando-se, intervindo uma na outra. Ocorreu, no entanto, que a primeira (mais íntima) tomou a maior parte do meu tempo, enquanto a segunda exige complementação teórica, estudos mais aprofundados e não pode ser mais (numa viagem) do que o complemento da primeira, que permitirá, esta sim (atingida em outro grau de satisfação), à segunda a sua "realização completa" (já no Brasil). Assim, aos poucos, o trabalho com a primeira (mais íntima) passou a ser mais propício, resolvendo (ou encaminhando) os problemas que geralmente só aparecem mais tarde e, assim, abrindo caminho livre para a segunda (formação mais ampla). Foi coisa pra caralho! Amanhã volto para São Paulo (Brasil, você venceu!), e aqui, no quarto 009 do Lis Hotel (avenida Liberdade, Lisboa), pareço esquecer deste detalhe: na verdade, pareço lembrar-me dele... Veneza foi uma bosta muito mole e talvez eu não tenha sido forte o bastante para aguentar o seu cheiro e o seu gosto. Furo cometido... bronca tomadora de tempo. Só isso. Vem-me à cabeça a imagem de uma isca perdida no meio do lago, mas ainda restam milhares de camarões e minhocas para a minha vara verde! E há tantos outros já utilizados e que resultaram em pescarias! Há um costume em exagerar os erros cometidos e transformá-los em "falha(s) trágica(s)". Nada disso. Não se trata de teatro ou cinema e muito menos da realização impossível de uma "catarse" autônoma (como quem rói as unhas próprias até a cutícula). Afinal de contas, qual é o resultado? A tentação de pegar um erro ou um tombo do equilíbrio e transformar em riso fácil é doença infantil. Vamos lá, quem segurava a barra? Quem estava junto? A merda do saco de dormir da infantaria norte-americana que comprei usado num mercado grego pulguento? Paris foi automático! Fiz de tudo para poder continuar aproveitando e deu nisso (trinta e três dias na capital francesinha). Se eu ficasse mais pela Europa, aprenderia mais coisa porque cada dia apareceu algo novo (mesmo que você não se dê conta disso imediatamente), mas qual o limite? Não há limite para ver algo novo e aprender; não há também limite geográfico se você consegue determinadas condições de sustentação autossuficiente; toco também na questão do caráter, que é independente (e adaptável) da localização no globo. Daí que, porra, claro que experimentaria mais ficando mais (esta caneta de plástico de Milão é maravilhosa, desliza mais do que caralho banhado em porra), mas, voltando, agora não é algo muito diferente (peguei uma razoável noção da presença do Brasil no mundo), pois farei tudo isso no país em que quero me fixar, mesmo com todas as necessárias e (mesmo que eu não queira) presentes diferenças políticas e, mais claramente, repressivas. Os gorilas estão a toda! E eu preciso pegar esse ritmo. Por falar... passando de trem por Vitória (Espanha do Norte), vi uma fileira enorme, que não me deu tempo de contar, de carros blindados, bordados com a bandeira espanhola. É tempo de "eleições democráticas"! A viagem de Paris até aqui não deixou de ser interessante, embora cansativa. Toda aquela postura europeia, aquele silêncio respeitoso, aquelas roupas arranjadas, tudo isso ia mudando, aos poucos, à medida que os vagões se encaixavam da Espanha para baixo. Começava a aparecer uma gente que falava alto, xingando, barba por fazer, um jeito de falar com você de qualquer maneira, um jeito de sentar junto e discutir (ao invés de ficar bem quietos como os cachorros finos que as senhoras finas trazem dentro de suas bolsas no metrô parisiense). Unhas menos cortadas oferecendo comida: eram os espanhóis e os portugueses. Não posso deixar de dizer que, por uma razão histórico-familiar de classe, senti-me colocado mais ao lado dos europeus de cima, mesmo que sentindo-me, por uma questão histórica própria e do meu país (talvez do meu pai, também...), muito mais próximo dos "selvagens". Conheci um dos milhares de casais de camponeses portugueses que moram em Vilar Formoso, fronteira com Espanha. Têm filhos com padaria e família no Brasil, por isso me deram de comer. Saí de Rueil-Malmaison (carona da Inês) com os duzentos francos que Dominique me deu e os oito marcos alemães que Plínio me deu. Do dinheiro que tinha trazido do Brasil, só restavam moedas, sobras de outros países (tudo trocadinho). Vi muitos espantalhos espalhados pelas pequenas plantações de Portugal. Lisboa é do tamanho de um botão de acionar qualquer coisa, e olha que a doida já acionou um bocado quando era ainda bem menor. Meu maior problema (aumentado inevitavelmente pelas livrarias libertadas portuguesas) é o material (livros, jornais) que carrego comigo. Porra, não se pode adivinhar o que pode acontecer e, ao mesmo tempo, não se pode deixar de fazê-lo (aproveitar a escassa oportunidade). É um risco que arrisco, como tudo que se faz, por mais consciente, num período de exceção como o nosso. E quero ver o que vai acontecer. Que palhaçada ridícula! Arrumo todas essas publicações da melhor maneira possível na minha bagagem (tem até o manual de guerrilha urbana que o Roberto italiano me deu em Israel; como posso deixar por aqui uma coisa dessas?), e tudo isso me parece uma comédia quando se sabe do que rola dentro das malas diplomáticas. Ah, se eu tivesse um diplomata para mandar tudo isso para mim! Por falar no que vai dentro de mala diplomática, além dos costumeiros papéis, é claro, rolou um baseado gostoso no show do Jethro Tull a que assisti com o Plínio na minha última noite em Paris, no Palais des Congrés. Um espetáculo. Iluminação de fazer o "Vitor mala" de dois anos atrás esquecer as palmeirinhas e as lanterninhas bem-intencionadas e coloridas que ele projetava no palco do colégio. Uma pequena empresa teatral e musical, para falar a verdade, e valeu a pena pagar os caros cinquenta francos (mais ou menos cento e vinte cruzeiros). Note-se aqui que o Plínio (não tendo ingresso) conseguiu entrar de costas, caranguejando, tapeando as massas que tomam conta das portas desses concertos. O teatro do Palais é um anfiteatro, uma aproximação com o palácio das Convenções do Anhembi. O que nada tem a ver com a Confederação do Equador (formada em 1827 e derrotada logo após), a não ser o fato de que, dias antes, assisti a alguns filmes brasileiros e ouvi falar de um grupo de franceses desencontrados que buscou a satisfação de seus instintos revoltosos numa exposição que buscam montar com trabalhos dos índios Yaquis, do México. Assisti também ao grupo brasileiro que se apresentou no Festival de Nancy (Tempo de Espera), onde conheci (no teatro, não no Festival) o bichíssimo e esforçado presidente da Confederação Nacional de Teatro Amador e que vive sem dinheiro no Maranhão. Os arquivos do *Le Monde*, *Figaro*, *Les Echos* e *Societé Génerale* receberam minha agradável, embora rápida e não declarada, visita. Foi anônimo e proveitoso. Por mim eu ia embora para o Brasil hoje mesmo! Mas, o que é que te segura, rapaz? Bom, é que tem uma "corrida de touros" hoje à noite e eu já comprei o ingresso... Quem é que me segura? Ora essa, Lisboa, meu caro!

Minha bagagem está arranjada como um relógio, tudo encaixadinho. As duas garrafas de vinho Borges do Porto entupindo a sacola marrom. Estou já no aeroporto de Lisboa, como se estivesse dentro do avião da Varig tentando aproveitar as últimas horas. Aproveitar? Como aproveitar as últimas horas? No duro, não aproveito nada, pois não sou milagreiro, e o que faço é esperar num aeroporto vazio. Agora, há pouco, estava aqui um grupo de chineses (jovens, homens) e, pela primeira vez, vi um passaporte (verde) daquele país do Leste que sopra como um canudo muito elástico e duvidoso ao vento dos restos do mundo. Débora foi para Belo Horizonte fazer a cirurgia no braço e, na carta que peguei ontem no Posta-restante daqui, ela diz que não há motivos para preocupação acima do normal, porque a possibilidade de tudo dar certo é muito grande... Não deve ser coisa grave. Torço para isso, como torço! Como ela mesma disse numa carta, nós estamos com azar na nossa relação bilateral, pois não se sabe quanto tempo ela vai ter de ficar em Minas e o quanto isso (somado aos meses que fiquei ausente do Brasil) alterará, ou já alterou, a nossa relação, ao meu ver, produtiva, no topo mesmo. Essa expressão que acabei de usar quer dizer: altamente produtiva. Marca não registrada! Não quero fazer prognósticos nem tentar presságios. É chegar e constatar a situação e sair dela com ela... Isso farei em casa, no trabalho e na agora provável e quase certa universidade. Olha só: é a primeira vez que menciono a universidade dentro das possibilidades que poderei assumir chegando. Aconteceram todas essas manifestações estudantis no nosso país e o panorama político muda um pouco, quer dizer, a própria repercussão nacional e internacional destes acontecimentos dá a eles (e ao movimento estudantil) uma grande importância devido ao momento atual de repressão. É algo para pensar. Minha bagagem, aliás, é algo para pensar... Não é à toa que o *Le Monde* publicou uma matéria maior do que normal com o subtítulo de "Primeira vez desde 1968". Há que ver tudo isso, e o melhor lugar parece ser a própria universidade (embora a Unicamp não tenha tido um papel muito importante, visto que nenhuma vez foi citada ao lado de outras instituições envolvidas). Preciso ver também o Mário e o assunto do emprego... Incógnita. É do acerto disso que virá a moradia.

Olha para o mar. A água tanta. Já escureceu. Não tem como chorar nos olhos. Mas tem aquela água inteira, deliciosa e bíblica, incrivelmente salgada à sua frente. Mergulha de bermuda, sem tirar a camisa, e deixa-se boiar, interminavelmente. Deixa-se conduzir pelo movimento encapelado, pela agitação das águas escuras e pesadas. Não sorri, mas sente a tremedeira ceder aos pouquinhos, um tipo de alívio, prazer tímido crescendo, intensificando-se. Como o prazer de esquecer tudo para, quem sabe, poder lembrar tudo outra vez, na vividez da memória, em alguma outra hora, outro momento. Mesmo sabendo que esse prazer certamente não poderá durar para sempre, deixa-se jogar, deixa-se levar deitado, fecha os olhos, mergulha no vazio, no esquecimento, como quando mocinho em suas pequenas aventuras, pequenas porém ousadas e corajosas, densas, tão saborosamente desprovidas de metas, tão radicais e alegremente irresponsáveis, soltas, tão reluzentes e viris, num vácuo sem sentido mas que logo o remetia a uma certeza de orgulho, a um orgulho sensível, de fato, o mesmo que ele, ali distendido, aprecia, o prazer de ter cometido um ato voluntário, de finalmente ter feito algo importante. Ou, ao menos, de ter honrado pela primeira vez, na prática, o nome e a história que o pai lhe outorgara.

Lisboa é cheinha de gente e tem muito a ver com o Brasil (que novidade!). Bem, eu digo isso comparando aos outros países, onde você não vê tantos mendigos, tanta desorganização no Correio para telefonar para outras cidades ou o exterior e muito menos a mistura de carros e lojas que há por aqui. Tem DKW dos mais barulhentos, com aquele cheiro de gasolina saindo, ao lado de um Renault novinho em folha. Lembra um pouco Atenas. E aqui você pode distinguir com mais rapidez um homem pertencente à classe burguesa (digo, um capitalista) e um proletário (um operário ou um camponês). Isso sem dúvida, como no Brasil, e diferente do que acontece na

França. Dei outra peneirada nos livros e, hoje pela manhã, deixei sete na casa da Ângela, brasileira que não pode voltar à terra do Carnaval. Ela não estava em casa e tive que deixar ao lado um bilhete para documentar o ridículo da situação e dizer que espero um uso prático, da parte dela, para aquela papelada. Guardei pouca coisa, no meio delas o Sidur da tia Miriam. Saindo de Paris, voltei a sentir algo estranho (mais para tristeza, digamos), pois interrompia a relação iniciada com a Dominique; um pouco menos com o Alfred, que trabalha o dia todo numa multinacional na área de química. Inevitável, necessário, coerente, viver numa casa e ter contato com as pessoas que dividem a residência contigo. Com a Dominique tudo positivo. Conversávamos quase todos os dias, ela quase sempre procurando encaminhar o assunto para a vida dela, como se precisasse falar muito sobre isso; mesmo sem perceber, caíamos no assunto da independência econômica necessária ao casamento dela, e na questão profissional (a dificuldade de emprego e as dúvidas quanto a seguir ou não uma carreira universitária). É que ela tem uma história diferente da minha. Depois de casada é que começou a enxergar a própria situação e as situações exteriores ao seu casamento, a casa e a família. É claro que aí fica tudo mais difícil. Mudar as relações e tomar decisões cortantes, incompatíveis com a instituição construída e consolidada do casamento. E isso se mistura com os três anos vividos no Brasil com pessoas diferentes ("marginais", para usar uma expressão dela) das que encontramos todos os dias no rico e verde parque de Rueil-Malmaison. Interessante como, para determinadas pessoas, a relação sexual é algo indispensável para completar a relação mais global. Conosco ocorreu uma relação não sexual, porém sensual, que, talvez, se continuasse por mais tempo, levasse naturalmente ao sexo. Mas o que quero destacar é que a experiência sensual também tem importância no conjunto que construímos para nos birrelacionarmos. Na última noite trocamos um beijo longo e trançado, como consequência natural de tudo que se passara, e é por isso que, tenho certeza, interrompeu-se um processo. Mas retoma-se o tal negócio de uma maneira nova daqui por diante. Embora tenha me excitado a altos volumes, colocando um fone de ouvido nas minhas orelhas e me fazendo escutar um Pink Floyd (o LP *Animals*) às alturas da Torre Eiffel, Inês disse que não conseguiria dormir comigo porque tinha dois caras na cabeça que provocam nela, hoje em dia, um conflito de opções (um francês e um alemão). Não estou a fim de entrar em detalhes, pois não há nisso nada estimulante nem novo, sequer aproveitável, a não ser num momento da nossa conversa, quando ela dizia que (embora seja a favor da individualidade dos membros de um casal), se o amigo dela soubesse que ela dormiu com outro cara, "não sei o que aconteceria". Ah, meu Deus! Disse a ela que, tomando a atitude de recear o sexo comigo, ela só provava que a individualidade pregada era puramente teórica. A conversa foi longe, e se prolongou até que o sono abateu os dois e o papo, para falar a verdade, já era de manhã... Bom, o fato é que, com putas de Picadilly às duas da manhã, com prostitutas e turistas, hippies e japoneses, gregos e chilenos e burburinhos no Quartier Latin, sustos na Iugoslávia, utopismo e comunismos mil, fotos, propagandas, metrôs como ratos e taturanas no jardim, alumínio e vacas, terno e meias fedidas, veludo roto, arrotos no Olympia, cagadas multiplicadas por dez, mijadas chamativas e vinho e mão de terra e cometa e estrelas verdes na tontura, com medo de cruzar Paris sozinho pela madrugada, envolvendo num pacote quatrocentas "novas filosofias", saudade vencida pelo tempo da ausência e pela confirmação do retorno breve, cartas e livretos e livrões e postas restantes ao lado de violões e praças e morcegos no deserto, hotel luxuoso e bugigangas e liberdade para mim mesmo, por enquanto, vou fechando este capítulo que foi resultado dos anteriores que fiz constar na soma toda e dando um beijo impossível na ponta da minha orelha até o dia, inevitável, em que institucionalizar-se-á, por lutas e sangues e desvios e tempo, a etapa na qual não precisaremos estar sempre olhando para trás, ou para os lados, para recolher o medo ou os mortos dentro do combate. Se não chego até lá (e penso que não chegarei mesmo), minha orelha, não a deixarei, (e ela mesma não se deixará), sossegar. Ainda bem e... que mais posso dizer?... Talvez que tudo isso que escrevi em três meses não mereça o nome de Diário, mas sim um caderno intitulado "O jovenzinho virgem que viu um Brueguel no Louvre e tropeçou nas próprias muletas".

Será que um dia conseguirá se levantar?

Este livro foi impresso na Editora JPA Ltda.,
Av. Brasil, 10.600 – Rio de Janeiro – RJ,
para a Editora Rocco Ltda.